생의 위안

김영현 金永顯

경남 창녕에서 태어나 서울대 철학과를 졸업했다. 1984년 창비신작소설집에 단편소설「깊은 강은 멀리 흐른다」를 발표하며 작품 활동을 시작했다. 소설집『깊은 강은 멀리 흐른다』『해남 가는 길』『그리고 아무 말도 하지 않았다』『라일락 향기』, 장편소설『풋사랑』『낯선 사람들』『폭설』, 시소설『짜라투스트라의 사랑』, 시집『겨울바다』『남해엽서』, 산문집『나쓰메 소세키를 읽는 밤』, 기행문『서역의 달은 서쪽으로 흘러간다』, 철학 산문집『죽음에 관한 유쾌한 명상』『그래, 흘러가는 시간을 어쩌자고』가 있으며 1990년 한국일보문학상, 2007년 무영문학상을 수상하였다. 명지대, 한신대, 국민대 등에서 소설 창작을 강의하였고, 한국작가회의 부이사장과 실천문학 대표를 역임하였다. 지금은 경기도 양평에서 창작에만 전념하고 있다.

푸른사상
산문선
44

생의 위안

초판 1쇄 인쇄 · 2022년 3월 25일 | 초판 1쇄 발행 · 2022년 3월 30일

지은이 · 김영현
펴낸이 · 한봉숙
펴낸곳 · 푸른사상사

주간 · 맹문재 | 편집 · 지순이 | 교정 · 김수란, 노현정 | 마케팅 · 한정규
등록 · 1999년 7월 8일 제2-2876호
주소 · 경기도 파주시 회동길(서패동) 337-16
대표전화 · 031) 955-9111(2) | 팩시밀리 · 031) 955-9114
이메일 · prun21c@hanmail.net
홈페이지 · http://www.prun21c.com

ⓒ 김영현, 2022

ISBN 979-11-308-1903-7 03810
값 19,800원

생의 위안

김영현 산문집

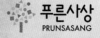
푸른사상
PRUNSASANG

봄을 기다리며

지나간 글을 모아보니 유난히 작업실에 관한 이야기들이 많다.

변변한 작업실이 없었던 시절, 방랑 무사처럼 달랑 노트북 하나 들고 여기저기 떠돌아다닐 때의 이야기다. 때로는 정릉 골짜기 혼자 사는 스님의 절간 모퉁이방을 빌리기도 했고, 때로는 양주 어느 서양화가의 빈 작업실을 빌려 쓰기도 했다. 때로는 태백 깊은 골짜기의 수도원을 찾기도 했고, 때로는 여주 고달사지 부근의 작은 빈집을 찾기도 했다.

그곳에 혼자 앉아, 혹은 누워, 남의 눈에는 거의 빈둥거리는 것처럼 보이는 삶이 실상은 창작의 고통으로 혼자 산고를 앓고 있는 작가라는 직업을 가진 나의 모습이었던 셈이다. 그래서 작가란 어떤 의미에서는 깨달음을 찾아가는 수행자의 삶과 겉모양에서는 크게 다르지 않을지도 모른다. 그런 것은 이름을 얻은 유명 작가나 삼류 작가나 마찬가지일 것이다. 누구나 새 작품을 쓰려는 순간 언제나 최초의 출발점에 서 있지 않으면 안 되기 때문이다.

과연 행복한 글쓰기란 가능한 것일까?

글을 쓴다는 행위는 자신의 내면에 깃든 상처를 정직하게 바라보는 일이다. 나아가서 자신의 내면에 깃든 상처뿐만 아니라, 타인, 그리고 역사와 같은 거대한 소용돌이 속에서 벌어졌던 상처까지 들여다보고 보듬어나가야 하는 일이다. 그러므로 고통없이 글을 쓴다는 것은 분명 어려운 일일 것이다.

작가에게 작품이란 그 고통 끝에 탄생한 아름다운 한 송이 꽃과 같은 것이다. 지금 생각해보면 창작의 열기로 뜨거웠던 시절, 달랑 노트북 하나에 가방 하나를 챙겨서 여기저기 떠돌아다니던 시절이 행복했고, 그립다.

그저께 내린 눈이 아직도 내 서재 창문 바깥으로 하얗게 쌓여 있다. 여름 내내 푸른 위용을 자랑하던 나무들도 지금은 모두 옷을 벗고 앙상한 뼈다귀만 드러낸 채 철학자처럼 서 있다. 작년에 심어 놓은 배롱나무에도 하얀 눈이 녹아 고드름이 주렁주렁 매달려 있다. 젊을 때는 잎새 무성한 나무들이 좋았지만 지금은 왠지 겨울나

무의 그런 모습이 더 좋아 보인다. 사람을 한없이 겸손하게 만들기 때문이다.

흔히 사람들은 우리가 살아가고 있는 이 시대를 예측 불가능한 격동의 시대라고 부른다. 어느 시대가 격동 아니었던 때가 있었을까마는 지금 우리가 당면해서 살아가는 시대는 여러모로 인류사적인 격동이라는 느낌이 든다. 거의 재앙적인 기후 변화는 물론이고, 최근 지구를 3차 대전의 수준으로 꽁꽁 얼어붙게 만들어버린 팬데믹, 그런 데다 일찍이 우리가 경험하지 못했던 과학기술의 발달까지 한 생물적 존재로서 반응하고, 적응하기엔 벅찰 정도이다.

인생은 마치 장애물 경기와도 같다고 한다. 하나의 장애물을 건너는 순간, 새로운 장애물과 도전이 기다렸다는 듯이 나타나는 것이다. 그리하여 길고 긴 인생을 거쳐 거의 마지막 지정에 이르렀을 때엔 이미 우리는 너무 늙었거나, 기진맥진해 있을 것이다. 이는 사회적으로나 경제적으로 어느 정도 성공한 사람이라 한들 별반 다를 바가 없다. 이 세상을 살아가는 누구도 '생로병사'라는 운명적 구속에서 벗어날 수 없기 때문이다. 그것을 인정하고 깨닫는 것이 어쩌면 참된 지혜요, 유한한 존재로서의 우리 생에 대한 겸손인지도 모른다.

우리는 모든 인생을 다 살아갈 수는 없다. 그저 자신에게 주어준 아주 작은 영역의 선택된 삶을 살아갈 뿐이다. 여기에 실린 나의 글 역시 아주 작은 영역의 이야기일 뿐일지도 모른다. 무상하고 무상한 것이 우리의 덧없는 삶이라, 그냥 덮어두고 잊어버리려고 했는데 뜻밖에 맹문재 시인의 호의로 새삼 다듬고 고쳐서 세상에 내어놓으려니 부끄러움이 앞선다. 어려운 시절 출간을 맡아준 푸른사상사 여러분께 감사를 드린다.

　모쪼록 이 글들이 나와 함께 격동의 시대를 살아왔고, 함께 살아가는 독자들에게 작은 위안이 되길 바랄 뿐이다. 빨리 봄이 와 내 서재 앞 배롱나무에도 붉은 꽃들이 가득가득 피어났으면 좋겠다. 모두에게 평안과 행운을 빈다!

2022년 정월. 양평 창작실에서

김영현

생의 위안

차례

1부

그냥 걸려온 전화 한 통

생의 위안

시인 김남주가 죽었을 무렵 이야기다.

나는 그때 그이가 죽었다는 소식을 태백에 있는 성공회 소속의 수도원 '예수원'에서 들었다. 변변한 작업실이 없던 시절이라 노트북 하나만 들고 여기저기를 떠돌아다니고 있었는데 어찌어찌 소개를 받아 그곳 예수원에서 여러 날을 보내고 있었던 것이다.

그곳은 나처럼 쉴 곳을 찾아 헤매는 영혼이 머물기에 딱 적합한 곳이었다. 수도원이라 하지만 어떤 특정한 종교적 경계를 두지도 않았고, 머무는 동안 특별히 정해진 일을 시키는 것도 아니어서 자신의 내면을 들여다보며 피곤한 영혼과 육신이 쉬어 가기에 너무나 좋은 장소였던 것이다. 기도를 하고 싶은 사람은 어두컴컴한 기도실에 가서 기도를 하고, 일을 하고 싶은 사람은 다른 사람을 따라 목장 같은 곳에 가서 일을 하면 되었다. ('예수원'은, 지금은 돌아가셨지만 성공회 소속의 캐나다인 대천덕Reuben Archer Torrey 신부님이 세운 수도원이다. 1957년 전쟁의 상흔이 아직 가시지 않은 한국으로 온 그이는 '노동이 곧 기도요, 기도가 곧 노동이다.'라는 표어를 걸고 부인과 한국인 신자 16명과 함께 천막을 치고 손수 산비탈에 돌과 흙을 져 날라 그 수도원을 세웠다고 한다.)

나는 그곳에 가자마자 처음 며칠 동안은 내내 잠만 자며 지냈다. 잠을 자는 동안 몸에서 독이 빠져나가느라 꿍꿍 몸살을 앓곤 했다. 무척 힘들었던 시절, 나는 그렇게 망명이라도 하듯 그 수도원에서 며칠씩 머물며 몸과 마음을 가다듬고는 했는데, 뒤에 그 수도원에 벽화를 그리러 온 화가를 모델로 하여 소설을 썼던 것이 바로 독일 작가 하인리히 뵐의 동명소설을 딴「그리고 아무 말도 하지 않았다」였다.

어느 해인가 소설의 무대를 찾아 방송국 사람들과 함께 갔는데, 신부님은 노환으로 몸이 아주 불편하셨음에도 불구하고 부인과 함께 마당까지 내려와 환한 미소로 맞아주셨다. 그러고 나서 그 이듬해에 돌아가셨다.

이야기가 약간 빗나갔지만 내가 김남주 시인의 죽음 소식을 들은 곳이 바로 그곳이었다. 주지하다시피 시인 김남주는 1979년 남민전 사건으로 감옥에 들어가 꼬박 십 년을 채우고 가석방되어 나온 이후『조국은 하나다』『나의 칼 나의 피』『사상의 거처』등 불꽃 같은 시집들을 쏟아내며 잠자는 정신을 채찍질했던 우리 민족문학의 자존심 같은 존재였다.

그럼에도 불구하고 오랜 감방살이나 강력한 시의 이미지와는 달리 그는 누구에게나 친근감을 주는 선량하기 짝이 없는 인상을 하고 있었다.

작달막한 키에 곱슬머리 검은 뿔테 안경을 쓴 그는 평생 원칙을 굳게 지키며 지조 있는 삶을 살았지만 결코 대쪽같이 자기만을 주장하는 사람은 아니었다. 작가회의 상임이사를 맡고 있었던 그는 항상 귀를 열고, 남의 이야기를 잘 들어주었을 뿐만 아니라 개성이 너무나 강한 문단에서 두루 선후배를 살피는 도량을 지니고 있었다.

그런 천하의 김남주가 나이 아직 채 오십도 되기 전에 그만 세상을 떠났다니 얼마나 놀랄 일이었겠는가. 그것도 췌장암이라는 참으로 고통스런 병고 끝에⋯⋯.

나는 곧 짐을 싸들고 수도원을 내려왔다. 모든 죽음이 다 그렇지만 그의 젊은 죽음 역시 너무나 덧없고 허망한 것이었다. 광주 망월동 민주 묘역에 그를 묻고 돌아오는 길에는 이른 봄을 시샘하듯 흰 눈발이 비치고 있었다.

그러고 나서 그해 내내 나는 죽음이라는 주제에 시달리지 않으면 안 되었다. 김남주 시인의 죽음만이 아니었다. 그 전해에 어머니가 돌아가셨고, 뒤이어 친하게 지냈던 친구와 후배가 차례로 죽었다. 너무나 일상적으로 벌어지는 사건이긴 하지만 죽음처럼 익숙해지지 않는 것이 또 있을까. 그것처럼 실존적이고 돌발적인, 갑자기 유에서 무로 변하는 불연속이 있을까.

　　나는 어릴 적부터 유난히 겁이 많은 아이였다.

　　시골에서 밤에 변소라도 갈라치면, 꼭 누군가를 동행하지 않으면 안 되었다. 소심하고 세심한 성격이라 혼자 무서운 일을 상상하고는 땀까지 흘리며 떠는 일도 종종 있었다. 말하자면 간이 콩알만하다는 소리가 내게는 딱 어울리는 말이었다. 그런 데다 우리 집은 아버지가 한의사를 하고 있었기 때문에 늘 환자들로 들끓었다.

　　시골에서야 달리 양의사가 없으니 어지간한 사람들은 모두 한의원으로 몰려오기 마련이다. 그중에는 미친 사람도 있었고, 피를 철철 흘리며 들것에 실려 온 사람도 있었다. 언젠가는 아버지의 등 뒤에 숨어서 죽어가는 사람을 본 적도 있었다. 마지막 가쁜 숨을 몰아쉬며 죽어가던 늙은 사내는 우리 집 일꾼으로 일한 적이 있던 규식이란 사람이었다. 나는 어린 시절을 아버지의 친구들인 중늙은이들과 이런 환자들이 끊이지 않는 한약 냄새 자욱한 사랑방에서 보냈다.

　　그런 시절을 보내는 동안 어린 내 가슴에 늘 어떤 불안한 의문이 떠나지 않고 맴돌고 있었다. 왜 사람은 나서 죽는 것일까. 내게도, 이렇게 멀쩡하게 살아 있는 내게도, 언젠가는 정말 그런 죽음이란 것이 찾아오는 것일까. 그런 불안한 의문이었다. 죽음에 대한 두려움. 그것은 어쩌면 내 어린 시절의 무의식 속에 깊이 드리워져 있었던 그림자였는지 모른다.

　사실 나뿐만 아니라 죽음에 대한 두려움은 누구나 가지고 있을 것이다. 저 거대한 건축물인 피라미드나 진시황릉이야말로 죽음에 대한 인간의 원초적 두려움을 표상하는 것이 아니겠는가. 심리학자 구스타프 융이 말한 대로 집단 무의식의 표상으로서 나타난 아프리카나 남아메리카 원주민들의 기괴하고 무서운 탈, 혹은 꿈이나 신화들은 모두 이 죽음이라는 것에 대한 인간의 원초적 공포를 바탕에 깔고 있는 것일 터이다. 모든 예술이나 종교는 생명의 힘인 '에로스'와 모든 것을 제로로 만들어버리는 이 '타나토스'라는 죽음의 힘과의 긴장 속에서 발생한다.

　어쨌든 그런저런 일로 한없이 우울하고 의기소침해져 있을 무렵, 어느 날 소설 쓰는 후배인 김남일이 중국 여행을 가는데 함께 가지 않겠느냐는 것이다. 중국하고도 멀고 먼 실크로드라는 것이다. 둔황(敦煌)과 투루판을 거쳐 우루무치까지 간다는 것이었다.

　요즘이야 교통도 많이 좋아졌고 갔다 온 사람도 많지만, 그때만 해도 너무나 낯선, 아직 발길이 닿지 않은 아득한 변방이었다. 그러나 나는 뒤돌아보지 않고 선뜻 좋다고 했다. 그래서 그와 나, 그리고 우리의 꼬임에 넘어간 시 쓰는 이은봉, 이렇게 셋이서 무작정 인천에서 배를 타고 중국 칭다오(靑島)로 건너갔다. 해외여행이라고는 셋 다 처음이었고 중국말이라고는 니하오 정도밖에 모르던 사람들이었다.

무식하면 용감하다는 말이 이 경우에 딱 맞을 터였다. 그런 용
감한 남자 셋이 산만 한 배낭을 하나씩 메고 안내도 없이 실크로드
대장정에 올랐던 것이다. 다행히 난징(南京)으로 유학을 온 후배가
중국어를 좀 할 줄 안다 하여 중간에 합류하였다. 그 역시 실크로
드는 초행길이었다.

어찌어찌 우리는 시안(西安)에 이르러 기차를 탔다. 기차는 곧
굽이치며 흐르는, 문자 그대로 누런 황허(黃河)를 건너고 거대한
계곡과 산을 넘어 몇 날 며칠 밤낮으로 서쪽으로, 서쪽으로 달렸
다. 양들이 점점이 풀을 뜯고 있는 하서회랑 설산을 지나가자 끝
도 없는 사막이 펼쳐졌다. 생전 처음 보는 풍경들이었다. 뜨거운
열풍은 얼굴을 태울 듯이 불어왔고, 지평선은 아무리 달려도 그냥
그곳에 걸려 있을 뿐이었다. 내가 살고 있는 세상 바깥에 이렇게
또 다른 세상이, 드넓은 세상이 있었다는 것을 온몸으로 느껴보기
는 처음이었다.

내겐 그것이 첫 여행길이었다. 좁은 반도에서 '중심의 괴로움'
으로, 분노로운 마음으로 젊은 시절을 다 보낸 내겐 그 넓은 사막
은 정말 하나의 충격이라면 충격이었다. 나는 창문에 얼굴을 박고
는 정말 자유로움 때문에 울었다. 아니, 내 속에 완강히 구축되어
있는 자아가 한꺼번에 허물어지는 듯한 느낌에 하염없이 눈물을
흘렸다. 일찍이 연암 박지원이 열하 부근 백산에 올라 끝없이 넓은

대지를 보고 통곡을 했다는 심정이 어쩌면 그와 비슷한 것이었을지도 모른다.

이제 내 속에 결코 나만의 굳건한 성을 쌓아두지는 않으리라. 내가 배운, 내가 아는 모든 것들에 이별을 고하리라. 지나간 시대에 결코 눈을 돌리지 않으리라.

나는 속으로 그렇게 몇 번이고 다짐을 했다.

그렇게 3박 4일의 긴 열차 여행 끝에 우리는 드디어 꿈에도 그리던 둔황에 도착했다.

둔황에서 보낸 며칠은 정말 꿈만 같았다. 막고굴의 신비로운 벽화도 보고, 명사산 모래 언덕에 앉아 큰 새가 날개를 접듯 지는 붉은 노을도 보고, 자전거를 빌려 타고 시골 마을로 돌아다니다가 냇가에 앉아 수박도 깨어 먹었다. 매미 소리 울려 퍼지는 푸른 하늘엔 흰 구름이 마치 아이들이 도화지에 그려놓은 것처럼 둥둥 떠 있었고, 나의 어린 시절 고향처럼 밀밭과 면밭이 평화롭게 가로놓여 있었다. 그리고 밤에는 별들이 하늘 가득히 등불처럼 피어올랐다.

그곳에서 그렇게 며칠을 보내고 나서 마지막 날 새벽, 나 혼자 천천히 외곽으로 나가보았다. 바람이 몹시 불던 날이었다. 외곽은 드넓은 사막이었다. 사막을 경계로 심어놓은 키 큰 백양나무가 바람을 맞아 건들거렸다. 누런 모래가 하늘 높이 회오리를 만들었다.

그때 내 눈에 무언가 펄럭이는 게 보였다. 작은 봉분 위에 얼키설키 세워놓은 깃발이 바람에 날리고 있었던 것이다.

무덤이었다.

둔황은 사막 위에 떠 있는 섬과 같은 곳이다. 사방이 모두 막막한 사막뿐이었다. 무덤은 정해진 위치가 있는 것이 아니어서 그런 사막 여기저기에 아무렇게나 흩어져 있었는데, 바람에 날려가고 나면 그 위에 누군가가 다시 무덤을 쓰고는 할 것이었다.

얼마나 많은 세월 동안, 얼마나 많은 무덤들이 같은 자리에 세워졌다 사라지곤 했을 것인가. 바람과 시간의 여울 속에 누군가의 흔적이 그렇게 쉽게 지워지고 있는 풍경을 바라보며 순간 나는 그동안 나를 짓누르고 있던 어떤 어두운 강박관념으로부터 서서히 벗어나고 있는 듯한 깨달음 같은 것을 느꼈다.

죽음이란 것, 어쩌면 저렇게 별게 아닌 것인지도 모른다는 생각이 들었던 것이다.

그렇다! 누구나, 언젠가는, 죽는다. 그것보다 더 자명한 사실이 어디 있겠는가!

그것은 두려운 것도 아니고, 공포스러운 것도 아닌, 자연스러운 우리 삶의 한 현상일 뿐이다. 나아가서 어쩌면 소멸이야말로 우리 살아 있는 모든 것들에 대한 축복이며 궁극적인 위안인지도 모른다. 소멸이 없다면 이 살아 있음조차 무엇이 귀할 것인가!

나는 바람 부는 사막의 한쪽에 서서 이 낯선 풍경을 바라보며

그냥 걸려온 전화 한 통

무언지 모르게 한없는 생의 위안 같은 것을 받았다. 그리고 지금까지 내 속에서 나를 괴롭히고 있었던 그 많은 죽음들을 이제 떠나보내야겠다는 생각을 하고 있었다.

하늘 멀리 흰 낮달 한 점이 떠 있었다.

그냥 걸려온 전화 한 통

전화가 왔다. 늙수레한 사내의 목소리다.

자기를 기억할지 모르지만, 십여 년 전에 시 원고를 가지고 내가 근무하고 있던 출판사로 찾아갔던 적이 있는 최 아무개라고 했다. 최 아무개……? 나는 마치 컴퓨터로 검색을 하듯 머릿속을 바삐 뒤적거렸다. 그러고는 마침내 그와 합치하는 인물 하나를 어렵게 찾아내었다.

"아, 그렇군요……!"

하지만 나는 별로 신통치 않은 목소리로 말했다. 왜냐하면 내 기억 속에 희미하게 떠오른 그 얼굴은 그리 중요할 것도, 보잘 것도 없는, 어떤 사내의 모습이었기 때문이다. 후줄근한 옷차림, 제대로 깎지 않은 더러운 수염, 깨어진 손톱과 투박한 손마디…….

어딜 보나 도무지 시인 지망생으로 보이지 않는 당시 사십 대 중반의 사내였다. 그는 자신을 강원도 태백에 있는 무슨 탄광에서 일하는 광부라고 소개를 했다. 시가 쓰고 싶어 혼자 시집도 읽고 시 공부를 했다는데 서울에 아는 문인도 없고, 하여 그냥 염치 불고하고 나를 찾아왔다는 것이었다. 그러고는 종이에 푹푹 눌러쓴 시 스무남은 편을 내미는 것이었다. 그런 경우 늘 그런 것처럼 나는 난감한 표정을 짓지 않을 수가 없었다.

약속도 없이 무작정 그렇게 출판사로 찾아와 원고를 검토해 달라고 내밀면 나는 어쩌란 말인가. 겉으론 예에……? 그러세요……? 어쩌고 했지만 반가울 리가 없었다. 반갑지 않은 표정이 내 얼굴에 그대로 떠올랐을 것이었다.

그렇다고 저 멀리 강원도 태백에서 불원천리 불문곡직하고 올라온 사람을 그냥 내칠 수도 없는 노릇이었다. 그런 데다 비록 드문 일이겠지만, 그의 작품이 장차 우리 문학사를 찬란하게 장식할 문제작이 될 가능성이 없으란 법도 없지 않겠는가! 버지니아 울프는 너무나 난해하였기에 당시엔 누구도 주목하지 않았던 제임스 조이스의 작품을 발굴하였고, 그에게 매료되어 자신의 가난한 출판사에서 팔리지도 않을 그의 작품들을 출간해주지 않았던가!

비록 그가 제임스 조이스는 아니라 하더라도 그의 순수한 문학적 열성에 값하는 의미에서, 그리고 먼저 문학을 하게 된 선배 된 자의 죄로서 마침 점심 무렵이라 출판사 앞 골목길 국밥집으로 데리고 가 따끈한 국밥 한 그릇을 대접해 보내지 않을 수가 없었던 것이다.

그런데 국밥 한 그릇이 어느새 반주로 딱 소주 한 잔만, 이라는 그의 청에 못 이겨 가벼운 술자리로 이어졌고, 그러면서 대충 그로부터 문학에 뜻을 두게 된 경위, 문학 수업의 과정, 그리고는 심지어는 내가 하등 들어야 할 필요도 없는 그의 가족 관계와 연애 이야기까지 다 듣고 나서 저녁 무렵에야 겨우 그에게서 풀려날 수 있었던 것이다.

그와의 첫 만남은 그렇게 시작되었다.

그러나 솔직히 고백하자면 그와의 이 첫 만남은 그리 신통한 기억으로 남아 있는 것은 아니었다. 아니, 내 귀중한 한나절의 시간을 이 처음 보는 사내에게 모조리 빼앗겼다는 데 조금 화도 났고 억울한 느낌도 들었던 것이다.

말이 나왔으니 말이지만 요즘처럼 바쁜 세월에 남의 그런 시시콜콜한 이야기를 들어준다는 것 자체가 참으로 피곤한 일이 아닐 수가 없다. 그런 데다 문학을 하겠다고 찾아오는 인간 치고 상처 많지 않은 인간이 없고, 원한 많지 않은 인간이 없는 법이다. 상처 많고 원한 많은 인간들의 이야기가 편할 리도 없었다.

세상의 병에는 고칠 수 있는 병과 고칠 수 없는 병이 있다. 고칠 수 있는 병이라면 당연히 고칠 것이고, 고칠 수 없는 병이라면 의당 죽을 것이다.

그러면 문학병은 어디에 속하는가?

내가 생각하기론 문학병 역시 고칠 수 없는 고질병 중의 하나이다. 내가 가르치고 있는 모 대학 문창과 대학원에도 이런 사람들이 많이 찾아온다. 어디를 보나 멀쩡한 사람인데 그 고질병 때문에 머리가 허옇게 되고 자식들도 다 자랐건만 편케 살지 못하고 글을 쓰겠다고 덤벼드는 것이다. 나이 지긋한 어떤 전직 교감 출신이라는 여성은 내게 말했다.

"보세요. 나, 꼭 쓸 겁니다. 죽어도 쓸 겁니다. 그러니 선생님, 조금만 도와주세요!"

그리고 어떤 퇴직 공무원은 자기가 평생 써놓은 일기가 한 방은 가득 된다면서 이제 기법만 좀 익혀서 기필코 길이 남을 소설을 써보고 싶다고 했다. 그런 비장함 앞에는 저절로 말문이 막히는 법이다.

그 역시 첫눈에 그런 부류의 사람이었다. 아무튼 그렇게 한번 길을 트고 나자 그는 그 후 수시로, 예고도 없이, 불쑥 내가 근무하던 출판사에 나타나곤 했다. 출판사로 찾아오는 일이 한두 번이 지나고 나자 사실 나로서도 짜증이 나지 않을 수 없었다. 원고를 부치라고 했지만 막무가내였다. 이렇게 올라와서 직접 전해드려야 안심이 된다는 것이었다.

처음엔 국밥 한 그릇을 대접했지만 나중에는 그가 오건 말건 아예 거들떠보지도 않게 되었다. 원고는 거기 책상 위에다 두고 가면 나중에 볼 테니까 차나 한 잔 마시고 가라는 투였다. 그러나 그는 나의 그러한 태도에도 불구하고 전혀 개의치 않는다는 표정으로

그냥 걸려온 전화 한 통

조심스럽게 차를 타서 마시고 출판사 구석에 혼자 가만히 앉아 있다가 온다 간다 말도 없이 가버리곤 했다.

그런 그가 언제부터인지 한동안 나타나지 않았다. 그의 얼굴이 비치지 않는 것에 대해 나는 하등 섭섭할 것이 없었다. 그런 일은 늘 다반사로 일어나는 일이거니와 사실을 말하자면 귀찮은 혹 하나 떨어진 것만큼이나 시원했기 때문이다. 그가 시를 쓰지 않는다 하여 대한민국의 문학 지형이 변할 리도 만무했다.

그런 그에게서 소식이 온 것은 그로부터 약 일 년이 지났을 때였다. 뜻밖에도 서울에 와 있다는 것이었다. 무슨 일로 서울에 왔느냐고 물었더니, 탄광이 문을 닫는 바람에 대신 서울 지하철 공사장에 왔다는 것이다.

"우리 같은 인생이야 평생 바람 같은 뜨내기죠. 막장을 떠난 것만 해도 다행이라면 다행이지만……."

그래도 땅 파는 일은 마찬가지라며 혼자 웃었다. 그러고는 서울 온 기념으로 저녁이라도 한 번 사고 싶다는 것이었다. 물론 나는 정중한 말로 거절을 하였다. 그렇게 다시 인연을 맺어놓으면 겨우 떼놓은 것이 허사가 될 뿐 아니라 앞으로 귀찮은 일들이 얼마나 일어날지 알 수 없을 것이기 때문이다.

"그러면……" 하고 그가 말했다.

바쁘다면 어쩔 수 없는데 자기 시집을 내가 다니는 출판사에서 좀 내어줄 수 없는지 검토를 바란다고 했다. 나는 검토하는 것은 별로 어려운 일은 아니지만 요즘 출판사 사정이 어려워 시집 내는 일은 신중을 기하고 있다고 대답했다. 그래도 그는 부탁한다는 말과 함께 전화를 끊었다.

과연 얼마 지나지 않아 그의 시집 원고가 출판사로 배달되었다. 처음보다 많이 정리된 원고이긴 했지만 아직 신통치 않은 구석이 많았다. 그래도 약간의 호의를 발휘하여 편집위원들에게 넘겼더니 그곳에서도 역시 부결이었다. 부결되었다고 알려주려고 하다가 차일피일 그냥 몇 달을 넘기고 말았다. 사실 내 가슴 깊은 곳에는 그에게 멀리 달아나고 싶은 마음이 무의식적으로 숨어 있었는지 모른다. 그의 원고는 곧 다른 많은 폐기 원고들 속에 묻혔고, 잊혀져버렸다.

그러고 나서 십여 년의 세월이 흘러가버렸던 것이다. 그가 내게 그리 중요한 인물이 아니듯이 그에 대한 나의 기억 역시 썰물처럼 사라져버렸다. 나는 그가 이 지상에 존재했던 사람인지조차 알지 못했고, 그럴 필요도 없었다.

그런데 어느 날 오후, 느닷없이 그에게서 전화가 왔던 것이다. 그러니 나로서는 긴장하지 않을 수가 없었다. 그래서 요즘 어떻게 사느냐, 무슨 일을 하느냐, 등을 건성으로 묻고 나서 어떤 일로 전화를 다 했느냐고 조심스럽게 물었다.

그러자 그가 말했다.

그냥 걸려온 전화 한 통

"그냥."

그냥이라…… 나는 재빨리 그 '그냥'이라는 단어에 포함되어 있는 의미를 나도 모르게 계산하고 있었다. '그냥'이라면 문자 그대로 '그냥'이 아닌가. 아무런 목적도, 부탁거리도 없는 '그냥'. 그런 '그냥'이라면 나로서도 뭐 손해 볼 것도 없는 것이 아닌가.

그러나 나는 여전히 조심스런 어투로 그가 정말 '그냥' 전화를 한 것인지를 두고 한참 동안 요모조모 타진해보았다. 그는 지하철에서 한동안 일하다가 다리를 다쳐 지금은 먼 친척뻘 되는 사람의 공장에서 경비원으로 일하고 있다고 했다. 식당에서 일하던 아내는 도망을 가버리고 지금은 연변에서 온 어떤 아줌마랑 같이 살고 있다는, 내가 하등 들을 필요가 없는 이야기까지 덧붙였다.

그리고 보면 아까 그가 했던 그 '그냥'이라는 단어 속에는 어쩐지 생의 쓸쓸함 같은 것이 묻어 있었던 것 같기도 했다. 그리고 그의 어눌한 목소리를 통해 나는 차츰 정말 그가 '그냥' 전화를 하였다는 것을 알게 되었다.

마침내 나는 용기를 내어 그때 그 시집 원고는 어떻게 되었느냐고 물어보았다. 그러자 그는 못내 쑥스러워 하는 목소리로 이름 없는 출판사에서 자비로 오백 부를 찍어 사람들에게 나누어주었다고 했다. 내게도 보냈는데 못 받았느냐고 했다. 나는 못 받았다고 했다. 사실 시집으로 배달되어 오는 책이 많아서 받고도 알아보지 못하고 서재 어디 구석에 꽂아두었을지 몰랐다.

그냥 걸려온 전화 한 통

"그땐 정말 고마웠어요. 글도 되지 않는 물건을 가지고 가서 귀찮게 해드렸으니……. 사실 난 내가 생각해도 문학적 재능이 별로 있는 것 같지가 않거든요. 그런데 수첩을 뒤적이다 보니까 전화번호가 있어 반가운 김에 그냥……."

그는 변명하듯이 말했다.

그러자 나는 나 자신이 갑자기 부끄러워지기 시작했다. 그가 그저 '그냥' 한 전화를 두고 나는 속으로 얼마나 이기적인 계산을 하며 지레 방벽을 치고 있었단 말인가!

생각하면 나 자신도 이 세상을 살면서 얼마나 많은 사람들로부터 도움을 받고, 사랑과 은혜를 입었는지 모른다. 정말 앞이 보이지 않게 캄캄했던 순간에도 누군가가 거짓말처럼 나타나 도움을 주곤 하지 않았던가. 어떻게 보자면 나의 지금은 그런 보이지 않는, 혹은 스쳐 지나가는 수많은 사람들과의 인연으로 이루어져 있는지도 모른다. 옛말에 주는 인연이 있는가 하면 받는 인연이 있다는 말이 있다. 받는 인연이 귀하다면 주는 인연 역시 귀한 것일 터이다. 그런데 나는 겨우 그의 이야기를 들어주는 것조차 허급거리고 있었지 않았던가.

그는 그렇게 이런저런 이야기를 하다가 생각난 듯이 덧붙였다.

"참 그때 사주신 국밥 한 그릇. 그 국밥 한 그릇이 제겐 얼마나 따뜻했는지 몰라요. 국밥을 먹으며 해주신 말들이 전부 살이 되고 뼈가 되었거든요. 아직 누구하고도 그렇게 문학을 가지고 진지하게 이야기를 나눈 적이 없었어요. 정말 고마워요."

그러고는 잘 있으라는 말과 함께 전화가 끊어졌다.

그러나 나는 전화가 끊어지고 나서도 한동안 아무 일도 못 하고 멍한 표정으로 그 자리에 앉아 있었다. 갑자기 휑한 바람 한 줄기가 내 가슴속으로 지나간 것 같았다. 바쁘게만 살아가느라 데면데면하게 변해버린 내 가슴속으로 생의 비밀 같은 게 한 조각 잠시 얼굴을 내밀었다가 사라진 느낌이었다. 그러고는 그가 했던 '그냥'이라는 말이 떠올랐다. 생각하면 '그냥'이라는 말 속엔 얼마나 많은 이야기들이 숨어 있는 것일까.

그냥이라…….

그러자 문득 나도 그 누군가에게 이 가을이 다 가기 전에 '그냥' 전화라도 한 통 넣어봐야겠다는 생각이 들었다.

마술
— 시골 도서관에서

인생은 마술과 같다. 누군가 우리에게 마술을 걸고, 우리 또한 누군가에게 마술을 건다. 때로는 슬프고 악의적이지만, 대부분은 유쾌하고 즐겁다.

1

내가 그녀를 처음 만난 곳은 이곳 면 소재지에 있는 작은 도서관이었다. 여기 면 소재지에 도서관이 들어온 것은 삼사 년이 채 되지 않았다. 무슨 바람이 불었는지 모르지만 갑자기 군내의 면 소재지마다 작은 도서관이 지어졌는데 아마 여기도 그런 것 중의 하나였을 것이다.

모두 삼 층으로, 지어진 지 얼마 되지 않은 흰색 도서관 건물의 일 층에는 사무실과 어린이 자료실이 있고, 이 층에는 '초등학생

절대 출입 금지 —PC와 소란 때문에 불편이 심함'이라고 쓰인 어른 용 열람실이 있었는데 열람실에는 넓지 않은 공간이지만 그만그만한 종류의 책들이 꽂혀 있는 정리된 서가와 신문이나 잡지가 놓인 탁자가 있었고, 한쪽 곁에는 길고 제법 푹신한 초록색 가죽 소파까지 구비되어 있었다.

하지만 이렇게 완벽하게 조용하고 잘 만들어진 공간임에도 불구하고 이곳을 이용하러 찾아오는 사람은 드물었다. 기껏해야 매일 아침, 도수 높은 돋보기안경을 쓰고 신문이나 뒤적이려고 나타나는 얼굴이 길고 눈매가 사나운 영감 하나와 지방 소방공무원 준비를 하고 있는 것으로 보이는 늙지도 젊지도 않은 터벅머리의 사내 하나, 그리고 성경책과 신학책을 열심히 뒤적이고 있는, 누가 지어줬는지 모르지만 '사오정'이라는 별명을 가진 언제나 우울한 표정의 초로의 아저씨 하나, 그리고 예전에는 일시 반짝한 적도 있었지만 이제는 한물 간 검객처럼 별 볼 일 없이 늙어가고 있는, 왕년의 '작가'인 내가 이 도서관을 이용하는 고정 멤버의 전부였다.

아니, 그리고 한 명 더 있다.

이곳 열람실 관리를 하고 있는 노처녀 사서보조가 바로 그이다. 뚱뚱한 데다 얼굴을 반쯤 가리는 커다랗고 둥근 안경을 쓰고 있어 얼른 보면 눈이 불균형할 정도로 크게 보이는 그녀는, 언제나 거미처럼 지극히 조용하게 도서 대출대 뒤의 자기 자리에 틀어박혀 하루 종일 컴퓨터 화면을 들여다보고 있었다. 어쩌다 누구라도 말을 붙이면 퉁명스런 목소리로 마지못해 몇 마디를 할 뿐이었다.

어쨌거나 이 지극히 조용하고, 적막하고, 하여 일견 심심하기까지 보이는 면 소재지의 도서관도 오후가 되면 잠시 활기를 띠곤 할 때가 있었는데 그것은 방과 후 인근에 있는 학교에서 아이들이 우루루 나타날 때였다. 중학생인지 고등학생인지 모를 여자아이들은 한결같이 금세 쥐라도 잡아먹은 것처럼 입술에서 피가 뚝뚝 떨어지는 빨간 루주를 바르고 있었고, 한결같이 허벅지가 허옇게 드러나는, 짧고 탱탱한 치마를 입고 있었다.

그 아이들은 공부 대신 주로 집으로 가기 전, 인터넷 서핑을 하거나 게임을 하거나 영화를 보려고 여기 이 도서관으로 몰려왔던 것이다. 둥근 안경을 쓴 노처녀 사서가 번번이 주의를 주었음에도 불구하고 몰려온 아이들은 저희들끼리 재재거리거나 웃음을 참지 못하고 킥킥거리기 일쑤였다.

"니들 정말 조용히 하지 않을 거야! 다른 사람들도 좀 생각해야지, 원."

그러나 그런 주의의 효과도 잠시뿐이었다. 젊음은 그 자체가 에너지 덩어리다. 어딘가로 튈지 자기도 모르는 것이 그때 나이였다. 아이들은 곧 다시 킥킥거리기 시작했다.

그런데 사실을 말하자면 노처녀 사서의 그런 주의는 거의 필요가 없었다.

왜냐하면 생기발랄한 여학생들의 그런 소란스러움이 신문을 읽고 있는 영감에게나 공무원 시험을 준비 중인 터벅머리에게나 열심히 성경책을 뒤적이고 있는 퇴직자 아저씨에게나, 한물간 작가인 나에게나 그리 방해되는 일은 결코 아니었기 때문이다. 오히려 물밑처럼 조용히 가라앉아 있던 분위기에 갑자기 생기를 불어넣어 가벼운 흥분과 즐거움을 가져다주었다고 해야 옳을지 모르겠다.

그러나 그것은 아주 짧은 시간이었고, 사서보조는 어김없이 화난 목소리로 주의를 주었고, 그러던 아이들이 사라지고 나면 다시 도서관은 백 년 묵은 고독과 같은 깊은 적막 속에 잠기게 마련이었다.

2

내가 그녀를 발견한 곳은 바로 그 무렵의 그 도서관이었다.

여름이 마악 기세를 올려가려 하는 유월의 어느 오후였다.

나는 그곳에서 가뭄에 콩 나듯이 드물게 들어오는 청탁 원고를 쓰기도 하고, 꾸벅꾸벅 졸기도 하고, 밑도 끝도 없는 교양을 위해 서가에 꽂힌 책들을 함부로 뽑아서 읽기도 하며 지내고 있었다. 아무도 나를 알아보는 사람도 없었고, 관심을 가지거나 할 사람도 없었다. 일면 섭섭한 일이기도 했지만 한편 생각하면 더없이 자유로운 일이기도 했다. 머리를 숙이고 꾸벅꾸벅 존다고 누구 눈치를 볼 필요도 없었고, 소리 내어 하품을 한다고 하여 쳐다볼 사람도 없었다.

그렇다고 마냥 시간을 허비하고 있다고만은 할 수 없었다. 비록 낡고 녹슨 칼이지만 언젠가는 백발마녀처럼 문단 강호를 떠들썩하게 만들며 나타날 것을 대비하여 그곳에서 약간의 작품 구상도 해보기도 하고, 백수의 변명 같지만 미래의 한순간 필요할 것에 대비하여 인터넷을 통해 중국어도 혼자 공부하고 있었기 때문이다.

하지만 그럴 기회는 거의 오지 않을 것은 분명했다.

문단 강호를 떠들썩하게 만들 작품이란 것도 있지 않을 테지만 그나마 혼자 독학으로 배워서 익힌 중국어를 써먹을 수 있는 '미래의 한순간'이 과연 나에게 가당키나 한 기대인지도 모르겠기 때문이다. 아마도 그동안 갈고 닦은 '이 높은 지식, 이 웅혼한 지혜, 이 가공할 초식'들을 한 번도 제대로 써보지 못하고 죽을 확률이 99.9프로는 넘을지 모른다.

옛날, 『장자(莊子)』에 '도룡지기(屠龍之技)'라는 고사가 나온다.

중국 전국시대에 주평만(朱泙漫)이라는 사내가 살고 있었다. 그는 우연히 길거리에서 지리익(支離益)이라는 노인이 용을 잡는 기술을 가지고 있다는 이야기를 들었다. 그는 생각했다.

'만일 용을 잡는 기술을 배운다면 그것이야말로 내 일생을 걸만한 일이 아니고 무엇이겠는가! 지금처럼 시시하게 살다 취생몽사 중에 간다면 그 얼마나 허망한 일이며 억울한 일이리요. 이 우둔한 머리로 지금 글을 읽어 성인이 되기는 이미 글렀고, 과거길로 나아

가 벼슬을 하기도 어려우니 차라리 용 잡는 기술을 배워 세상 사람들을 크게 한 번 놀라게 하리라.'

그리하여 그는 있는 가산을 모두 팔아 정리한 후 지리익을 찾아 깊은 산으로 들어갔다. 지리익은 도인인지라 깊고 높은 산에 홀로 거하며 좀체 제자를 받아들이지 않았다. 주평만은 여러 날 정성으로 빌고 빌어 공을 들인 다음, 마침내 그의 제자가 되어 십여 년을 그의 밑에서 구름을 휘젓고 천둥번개를 치며 하늘 위로 마음대로 날아다니는 용이란 놈을 잡는 어려운 기술을 익혀나갔다.

용이란 놈은 신통하고도 사나워서 놈을 잡는 데는 일단 단단한 쇠그물로 머리 부분을 후려쳐 꼼짝 못 하게 한 다음, 단번에 대나무 칼로 목 부분에 있는 거꾸로 박힌 비늘 아래를 뚫어야 하는 매우 섬세하고 난해한 기술을 요했다.

봄이 가고 여름이 가고 가을이 가고 겨울이 가기를 열 번, 마침내 주평만은 피나는 수련 끝에 지리익으로부터 용 잡는 기술을 완전히 익혔다.

그동안 그의 옷은 남루하게 해어지고 제멋대로 자란 머리카락과 수염으로 흡사 산짐승처럼 되었지만 그의 눈은 더할 나위 없이 형형하였고, 굳게 닫힌 입가에는 한 가닥 알 수 없는 미소가 배어나왔다. 더 이상 스승으로부터 배울 것이 없다는 것을 안 주평만은 지리익과 하직하고 산을 내려왔다.

이제 남은 것은 세상에 내려가 그 현란한 기술로 돌아다니는 용

들을 잡아 사람들을 놀라게 하는 일뿐이었다. 자신감과 긍지로 가득 찬 가슴을 내밀고 주평만은 당당하게 예전에 술과 여자와 잡담으로 쩔어 살았던 세상으로 다시 돌아왔다.

그런데 다시 돌아온 세상엔 그가 이전에 전혀 예상하지 못했던 문제가 그를 기다리고 있었다. 용 잡는 기술을 배우러 간 십 년 사이 세상의 용이란 용은 모두 사라지고 없었던 것이다. 용이 사라지고 없으니 용 잡는 기술 역시 아무런 소용이 없었다.

주평만은 정말 황당한 생각이 들었다. 지금 당장이라도 어디선가 우레와 같은 소리를 내며 용이 난다면 정말 멋지게 한판 용 잡는 시범을 보일 수 있으련만…….

할 일이 없어진 주평만은 남루한 옷차림으로 거리를 돌아다니며 어디선가 용이 나타났다는 소문만 기다리고 있었다. 사람들은 그런 그를 비웃으며 그런 기술이 있다면 중국집에서 돼지고기나 썰고 있는 것이 좋겠다고 쑤군거렸다.

『장자』 고사에서는 그것을 일러 '도룡지기(屠龍之技)', 즉 용 잡는 기술이라 불렀는데, 곧 쓸모없는 공부를 조롱하는 뜻이었다.

3

하지만 쓸데없는 공부란 게 꼭 쓸데없지만은 않다.

얼마 전에도 여기서 사는 어떤 사람이 제법 정중한 모습으로 글을 받으러 왔는데 문방구 먹물을 담뿍 따라놓고 무슨 글을 써달래 우? 하며 젠체하고 물었더니, 자기가 옥수수 농사를 짓는데 옥수 수 밭머리에 '옥수수 있음'이라고 쓰고 그리고 그 밑에 전화번호랑 자기 이름이랑을 써달라는 것이었다.

나는 그만 실소를 짓지 않을 수가 없었다.

무슨 거룩한 가훈이라도 한자 써달래나 보다 하고 지레짐작하 고 잔뜩 긴장하고 있었던 참이었다. 어쨌거나 나는 거절할 수 없는 그의 청대로 준비해온 마분지에 정성껏 '옥수수 있음'이라고 써주 면서 용 잡는 기술이 뭐 따로 있남, 하고 속으로 생각했다. 덕분에 그해 내내 맛있는 옥수수를 공짜로 실컷 잘 먹을 수 있었다.

세상에 쓸데없는 공부란 사실 없는 것인지도 모른다.

아니 쓸데 있다, 없다 자체가 누군가 만들어놓은 허구인지도 모 른다.

따지고 보면 이 세상의 모든 학문이나 종교나 문화나, 정치 이 데올로기, 김연아가 날렵하게 날아서 박수갈채를 받았던 피겨스케 이팅이나 가수들까지도, 모두 사람들을 마취시키는 데 있어선 마 술이나 똑같다.

아무리 고상한 마술도 야바위와 종이 한 장 차이일 뿐이다.

손님을 잘 끌면 마술은 야바위를 넘어서 주류가 되고, 일단 주 류가 되면 보편적인 가치로 인정을 받게 되고, 그러면 마치 그것은 세상 처음부터 있었던 진리처럼 되는 것이다.

그냥 걸려온 전화 한 통

자, 내가 지금 여기서 '똥 잘 누는 법'을 가지고 기가 막힌 이론을 만들었다고 해보자. 똥을 잘 누는 법이 곧 우주의 법과도 통하고, 따라서 그것은 매우 신성하여 똥을 누기 전에는 반드시 두 번 절을 해야 하며 손뼉을 한 번 치고, 똥을 누고 있을 동안에는 정해진 주문을 암송해야 한다고 해보자.

여기에 대해 수많은 논문이 나오고, 박사들이 쏟아져 나오며 논쟁이 벌어지고, 대학에서 학과가 만들어지고, 텔레비전에서 매일매일 강사들이 나와 떠들어댄다고 해보자.

그러면 분명히 수많은 사람들이 그것으로 돈을 버는 시스템이 만들어질 것이다. 그리고 누군가는 그것이 인류 문화를 지탱해온 지극한 진리라고 할 것이며, 그것에 이의를 제기하는 자들과 한 판 목숨을 건 종교 전쟁도 불사할 것이다.

그것이 인간이 만든 역사며 문화며 종교다.

현대판 글래디에이터나 다름없는 프로 스포츠의 세계, 약간의 기술적인 차원이 들어간다 하지만 프로 축구나 농구, 야구나, 골프도 그런 마술이긴 마찬가지다.

열광하는 멍청한 대중들 뒤에는 언제나 음흉한 장사꾼들이 마술을 피워대고 돈을 벌고 있는 것이다. 엄숙한 대학의 학문, 엄숙한 종교 의식, 엄숙한 정치 체제도 모두 마술이긴 마찬가지다.

원래 그런 것은 없었다. 모두가 허구이며 신기루 같은 것이다. 어쩌면 우리 인생도 그런 것인지도 모른다. 고로 내가 쓸데없는 공부를 하고 있다고 하여 부끄러워하거나 기죽을 필요는 조금도 없을 것이다.

그냥 재미있으면 그만이다.

4

아무튼 그렇게 스스로 위로하며 쓸데없는 공부를 하러 도서관에 다니던 날 가운데 하나인 6월의 어느 날 오후, 마악 점심을 먹고 소화도 좀 시킬 겸 하여 길고 푹신한 소파에 앉아 길게 하품을 하고, 아무 책이나 뒤적거리고 있을 때였다.

그런 시간에는 가벼운 만화 같은 것이 어울렸다. 그래서 나는 고우영이 그린 만화 『십팔사략』을 보고 있었다.

만화가 고우영은 대학 시절 우리들의 히어로였다.

처음 『일간 스포츠』에 연재되었던 성인 만화 『수호지』, 그 속에 등장하는 반금련과 무대 이야기는 젊은 우리들로 하여금 답답한 군사 독재의 분위기에서 벗어나게 해준 숨구멍 같은 존재였다. 지금 보면 아무것도 아니지만 간간이 나오는 야한 표현도 우리를 통쾌하게 만들어주었다.

무대 동생 무송의 큼직한 물건을 두고 '나발론의 거포'라고 한 표현은 젊은 우리들 사이에 오랫동안 회자되었다. 중국 문화와 고전에 해박한 그는 『수호지』뿐만 아니라 탁월한 안목으로 재해석한

『만화 삼국지』도 연재하였다. 아무튼 그는 우리들의 천재였다. 이제 그 천재는 죽었지만 그가 그린 만화는 남아 이 시골 도서관에서 나의 다소 지루한 오후 시간을 즐겁게 해주고 있었던 것이다.

그런데 그때 소파 옆 도서 반납대 위에 누군가 반납하려고 올려놓은 책이 우연히 내 눈에 들어왔다. 그중에서 『익숙한 새벽 세시』라는 제목이 다시 클로즈업되어 들어왔지만, 사실 나는 그런 제목에 썩 끌리는 편은 아니었다.

'오 아무개'라는 저자의 이름으로 볼 때에 틀림없이 젊은 여자일 텐데 사실을 말하자면 나는 요즘 젊은 인간들, 특히 젊은 여성에 대해 막연하지만 불편하고 불유쾌한 느낌을 가지고 있었다.

무언지 족속이 다른 그런 인간들을 대하는 듯한 느낌 비슷한…… 낯설고도 서툰 느낌 같은 것.

아마도 그것은 보다 복잡한 심리가 작용하고 있을지도 모르지만 그녀들의 젊음에 대한 약간의 시기심과 당혹감, 그리고 먹지 못할 포도를 시어터졌을 거라고 지레 단정해버리는 여우의 심리가 깔려 있을지도 모른다.

하여간 나는 젊은 그녀들의 낯선 것이 싫었다. 말하자면 쯔쯔거리는 혓소리도 싫었고, 데면데면한 표정도 싫었고, 사고방식도 싫었고, 그들의 시대, 그들의 미래도 싫었다.

나에게도 아마 그런 나이였던 적이 있었을 것이다.

그리고 그때 나의 어른들은 또한 나를 두고 그렇게 느끼고 그렇게 말했을 것이다. 나의 장발, 나의 나팔바지, 나의 노래, 나의 행동거지와 사고방식에 막연한 적의를 느꼈을 지도 모른다. 그러니까 사실을 말하자면 나도 어느새 낯선 것, 새로운 것을 달가워하지 않는 그때 그 어른들처럼 고루한 나이의 꼰대가 되어가고 있다는 표시였는지도 모른다.

하여간 산문집이니까. 그리고 책의 부피도 얼마 나가지 않게 보였고, 겉표지를 제거하여 까만 속지만 남은 것도 가벼워 보이니까. 그냥 점심시간을 죽이기 위한 독서 삼아 고우영의 만화 대신 그날, 그 책, 『익숙한 새벽 세시』를 잡았다.

먼저 습관처럼 책 앞뒤를 살펴 저자에 대해 알아보려고 했지만 저자 소개는 뜯겨나간 겉표지에 있는지 그녀에 대한 정보는 하나도 없었다. 하긴 내가 꼭 알아야 할 필요도 없었다. 한물갔다고는 하지만 그래도 한때 강호무림을 주름잡았던 정파의 고수로서 화려한 검술을 자랑하던 내가 아니었던가. 소소하고 사사로운 글 따위와 이름 없는 작자들을 일일이 알거나 아는 체할 필요가 없을 것이었다.

그래서 아주 가벼운 마음으로 점심 후 소화를 위한 시간만 축낼 요량으로 『익숙한 새벽 세시』를 잡고, 하품을 길게 한 번 하고는 읽어가기 시작했다.

그게 그녀와는 첫 만남이었다. (아마도 그게 또한 마지막 만남이 될 것도 분명했지만.)

그냥 걸려온 전화 한 통

5

그녀는 나의 짐작대로 뭔지 모르게 지루하고 따분할 나이인 삼십 대 초중반이었고, 아마도 내가 몰라도 좋을 만큼 그렇게 유명하지도 않을지 모르지만 노래를 부르는 가수였고, 그런 세대의 유목주의적 여자들이 흔히 그렇듯이 자유로운 영혼을 가지고 '천 개의 고원'을 따라 이리저리 여행하기 좋아하는 여성이었다. 그것은 내가 굳이 알려고 하지 않았지만 그녀 쪽에서 먼저 그렇게 말했다.

책을 펴자 서문격인 글이 먼저 눈에 띄었다.

"……무언가가 죽어가고 있었다. 나의 세계가 천천히 회색이 되어가는 것을 바라보았다. 그것은, 말하기 낯간지럽지만 청춘이었다. 푸른 봄. 잎사귀가 돋아나고 꽃망울이 터지고 땅도 공기도 생명력으로 가득 차는 시기. 영원히 지속될 것이라고는 생각하지는 않았지만 이 타이밍이 없어질 줄은 몰랐다. 증상을 이야기하니 어떤 사십 대 지인은 너무 빨리 온 것이 아니냐며 안타까워했고, 다른 사십 대 지인은 아직 새파란 사람이 무슨 소리를 하느냐고 힐난했고, 어떤 삼십 대 지인은 깊이 공감했고, 다른 삼십 대 지인은 공감하지 못했으며, 어떤 이십 대 지인은 저 사람이 지금 무슨 소리를 하나, 하는 표정으로 나를 바라보았다."

따라서 그녀의 나이가 삼십 대 초반, 많아봤자 삼십 대 중반이라는 것은 어렵지 않게 파악할 수 있었다.

마술

말하자면 그녀는 이제 마악 하룻강아지마냥 좌충우돌하던 눈먼 청춘의 왕성한 기운이 서서히 빠지면서, 바야흐로 지루하고 긴긴 인생의 여름날을 맞고 있는 그런 나이라는 뜻이었다. 지나놓고보면 그것 역시 새파란, 우스운 나이였지만 그래도 그 지점을 지날땐 자기가 꽤나 늙었구나 하는 느낌을 받기도 할 터였다. 그런 결과, 치기 어린 지난 과거를 모두 부정하거나 회의하고 다시 한번시작하고 싶다는 느낌도 받을 터였다.

누구에게나 그런 때가 있는 법이다. 그래서 당연히 그녀는 이렇게 쓰고 있었다.

"……좋다는 것이 무엇이었지. 만족이라는 것은, 행복이란 것은무엇이었지. 내용이 모두 바뀐 사전을 쥐고 있는 기분이었다. 아니, 어느 페이지를 펼쳐도 백지였다. 나는 단어의 정의를 잃은 사람 같았다."

아마 그렇기도 할 것이다.

나는 약간의 식곤증을 느끼며 길게 또 하품을 하였다. 눈에 가득 눈물이 고였다. 내면의 불꽃이 사그라지면, 평화가 찾아온다. 아니, 사그라져야 비로소 깊은 평화를 맛볼 수가 있다. 인간은 어쩔 수 없을 때 겸손해지는 법이다.

그게 언제일까. 어쩌면 그건 스스로 깨우치지 않는 한 아무도가르쳐줄 수가 없을지 모른다.

그런 생각을 하며 다시 책을 보려니까 눈앞이 침침해져 내 자리

그냥 걸려온 전화 한 통

로 가서 돋보기를 가져올까 하다가 그냥 앞부분만 내처 읽기로 했다. 그런 순간, 그녀의 선택이 무엇인지 궁금해졌기 때문이다. 그녀는 곧 나의 궁금증에 대한 대답처럼 이렇게 말하고 있었다.

"······짐을 싸서 늦겨울의 교토로 떠났다. 조용하고 쓸쓸한 곳에 가고 싶었다. 옛것이 보고 싶었다. 싸락눈을 볼 수 있으면 좋겠다고 생각했다. 결혼하고 한 달이 지난 때였다."

교토. 결혼하고 겨우 한 달밖에 지나지 않았는데······?

약간 뜻밖이라는 생각이 들었다. 그러나 곧 그럴 수도 있겠다는 생각이 들었다. 나는 요즘 들어 무엇이나 다 이해할 준비가 되어 있는 사람처럼 되어버렸다. 나이 탓일까. 그럴지도 모른다. 하지만 꼭 나이 탓만은 아닐 것이다.

나이도 들수록 더욱 완고하게 변해가는 사람도 내 주변에 수두룩하게 많으니까. 아니, 대부분이라고 해도 괜찮을지 모른다. 따라서 내가 이렇게 된 데에는 나이 탓이 아닌 다른 이유, 즉 약간의 설명이 필요한 이유가 있는데, 그것은 단도직입적으로 말하자면 '이 세상에 절대적이고 보편적인 진리란 없다.'는 나의 오랜 각고 끝에 얻어진 인생철학 때문이다. 그것은 또한 장자에 나오는 '오십보백보(五十步百步)' 이야기와도 일맥 상통한다. 또한 '그게 그거다'라는 말과도 조금은 통한다. 이 중요한 인생철학에 대해 설명하자면 꽤나 진지하고 길고 참을성 있는 이야기가 필요하므로 그 이야기는 일단 뒤로 미루기로 하자.

마술

6

어쨌든 나는 그녀의 글에 나오는 교토라는 단어에서 순간 갑자기 향수 비슷한 것을 느꼈다. 향수라니? 얼토당토않은 말이다.

나와 교토는 사실 나와 그녀 사이만큼이나 멀고도 낯선 존재였고 따라서 어떻게 보면 상호 간 의미 없는 항목이기도 했다. 언젠가 나는 그곳을 스쳐 가듯, 정말 스쳐 가듯 한 번 지나갔을 뿐이었다. 초여름이었던가.

무슨 꽃인지 모를 붉은 꽃들이 오래된 담장 너머로 마구 흐드러지게 피어 있었고, 나는 종업원이 "이럇샤이" 어쩌구 일본 말을 하는 비탈길 중국집에서 마파두부랑 짬뽕 비슷한 국수를 먹었다. 그게 다였다. 검은 아스팔트 위로 가랑비가 조금씩 내린 것 같기도 하다.

어쩌면 내가 교토에 대해 약간의 향수 비슷한 감정을 느꼈다면 그런 것보다는 아마도 내가 오래전에 읽었던 일본 작가 나쓰메 소세키의 글 때문인지도 모른다. 「교토의 저녁」이라는 제목의 짧은 산문이었는데 그 속에는 당시 교토의 풍경이 을씨년스럽게 묘사되어 있었다.

"……기차가 유성처럼 빠르게 이백 리 봄길을 달려 시치조 플랫폼에 도착했다. 발뒤꿈치로 단단한 돌길을 밟으며 문득 추위를 느꼈을 때, 어느새 검은 기차는 검은 연기를 내뿜으며 검은 어둠 속으로 달려가기 시작했다. 교토는 외로운 도시다. 벌판은 흙으로 가득하고, 강에는 오리가 떠다닌다. 히에산, 아다고산 모든 것이 옛날 그대로다. 옛날 그대로의 벌판과 강, 그리고 산 사이에 있는 이치조, 니조, 산조는 물론이고 규조, 쥬조까지도 옛날 그대로다. 아무런 변화도 없다. 설사 하쿠조에 이른다 해도, 천년을 이곳에서 살아본다 해도 교토는 역시 외로움을 주는 도시이리라. 봄이지만 아직 추웠다. 나는 외로움과 추위를 느끼며 이 도시를 걷지 않으면 안 되었다. 남쪽에서 북쪽으로 마을이 끝나고 집과 등이 끝나는 그곳까지 걸어야만 했다."

그러다가 그는 일행과 따로따로 인력거를 타고 교토 시내 안으로 들어간다. 조용한 밤을 깨우기라도 하듯 돌에 부딪히는 바퀴 소리가 유난히 높게 울려 퍼진다. 그가 유난히 추위에 민감했던 것은 오랫동안 앓고 있는 지병 때문이었을 것이다. 나쓰메 소세키의 글 곳곳에는 폐병 환자처럼 피를 토하는 이야기가 많다.

아무튼 어두운 밤거리를 인력거를 타고 가는 병약한 그의 모습이 눈에 선하다.

"……좁은 길 양쪽에 빽빽이 들어선 집들은 모두 검은색이다. 문은 모두 닫혀 있다. 처마 밑 곳곳에 오다하라 등이 보인다. 등에는 붉은 글씨로 단팥죽이라고 쓰여 있다. 인기척이 없는 처마 밑에 도대체 얼마나 많은 등들이 손님을 기다리고 있는 걸까. 봄밤의 추위는 더해간다."

단팥죽이라니! 그 글을 읽는 동안 내 입에는 저절로 침이 가득 고였다.

그는 계속해서 쓰고 있다.

"⋯⋯붉은 단팥죽과 교토는 도저히 떼어놓고는 생각할 수 없다. 이처럼 밀접한 관계를 가지고 있다면 천년의 역사를 자랑하는 교토에 천년의 역사의 단팥죽이 없으면 말이 안 된다. 나와 교토와 단팥죽은 깊은 인연이 있다. 내가 처음 교토에 왔을 때는 지금으로부터 십오륙 년 전의 일이다. 마사오카 시키와 함께였다. 후야마치에 있는 여관에 숙소를 정하고 시키와 함께 교토의 밤거리 구경에 나섰다. 그때 난 눈에 처음으로 비친 것이 바로 단팥죽이라고 씌어 있는 저 등이었다. 저 등들을 보고 나는 이것이 바로 교토로구나, 라는 생각이 들었다. 오늘에 이르기까지 이 생각은 변하지 않았다. 단팥죽이 교토이고, 교토가 단팥죽이기도 했다. 이것이 내가 교토에 대해 받은 첫인상이자 마지막 인상이기도 했다. 시키는 이미 죽었다."

7

나는 그때 그가 함께 걸었던 마사오카 시키라는 여자를 모른다.

아니, 여자가 아니라 남자인지도 모른다. 모르기도 그 글을 쓴 나쓰메 소세키도 마찬가지다. 가끔 누군가가 나의 산문 중「나쓰메 소세키를 읽는 밤」을 보고 그가 누구냐고 묻는다. 그러면 나는 대충, '우리나라로 치면 이광수 비슷한 사람'이라고 얼버무리거나 일본 돈에도 나오는 근대의 유명한 일본 작가라고 말해준다.

그가 우리 조선을 비하하는 글을 쓴 적이 있다고 비난하는 사람도 있지만 나는 굳이 그런 것으로 다투고 싶은 마음은 없다. 「황무지」를 쓴 영국의 시인 T.S. 엘리엇이 얼마나 지독한 반유대주의자인지 다투는 것과 똑같다.

유대인에 대한 노골적인 혐오와 편견을 담은 그의 글을 읽어보면 그가 정말 그런 시를 쓴 사람인가 의문이 들 정도이다. 아마 그가 지금 살아 있다면 현재 미국과 세계를 지배하고 있는 유대인들에 의해 죽임을 당하고도 남았을 것이다.

아무튼 나는 1907년에 쓰여진 그의 산문을 읽으면 행복한 시절의 행복한 느낌에 사로잡히곤 한다. 그땐 아직 인간의 역사 속에 지성이 살아 있던 시절이었다. 세계대전의 화약 냄새가 서서히 피어오르고 있었지만 동시에 새로운 세상을 꿈꾸던 혁명의 열기가 온 지구에 가득 차 있던 때였다.

고상한 이상은 인간을 고상하게 만드는 법이다. 고상한 이상이 사라진 지 오래인 지금의 우리와는 다르다.

사라진 것은 그들만이 아니다.

몇 년 전 아내랑 걸었던 교토는 더 이상 칡넝쿨이 우거지고, 강 위에 오리가 떠다니는 교토가 아니었다. 무엇보다 단팥죽 가게의

마술

등들이 줄줄이 걸려 있는 그런 한산한 거리는 더 이상 없었다. 사실 나는 단팥죽이 정말 먹고 싶었다. 그것은 꼭 나쓰메 소세키의 글 때문만은 아니었다.

중학교 무렵 나는 시골에서 대구로 유학을 갔다.

눈발이 펄펄 날리는 대구는 정말 나쓰메 소세키의 교토처럼 추웠다. 그때 내가 자취했던 방은 골목길 끝에 있는 판자집이었다. 그 집에는 우리 외에도 미 8군에 나가는 껑다리 미군 하사와 동거를 하던 양공주 아가씨도 있었다. 껑다리 미군 하사는 자기 고향이 미국의 켄터키주라고 했다. 검은 타르를 먹인 판자벽 담장 아래로 여름이면 접시꽃이 줄지어 피어나곤 하던 집이었다.

그 집의 나이 든 주인 부부는 조금 떨어진 시장 입구에서 리어카상을 하고 있었다. 그런데 그 리어카에는 계절마다 물건이 조금이 다르긴 했지만 겨울엔 어김없이 집에서 직접 만든 찹쌀떡이 실려 있었다. 찹쌀떡을 만들기 위해 마당에는 커다란 돌절구가 하나 놓여 있었다.

나도 공부하기가 싫어 장난삼아 거들 때도 있었는데 환하게 백열등을 밝힌 마당에서 늦은 밤 절구질을 하다 보면 가끔 미군과 양공주가 사는 방에서 이상한 소리가 흘러나오기도 했다. 어쨌든 찹쌀떡을 만드는 날 밤에는 어김없이 맘씨 좋게 생긴 뚱뚱한 주인 아줌마가 팥을 쑤는데 그 냄새가 기가 막혔다.

그러고는 얼마의 시간이 흐른 후, 마침내 내심 기다리고 기다리던 단팥죽 한 그릇을 들고는, "학생~! 자나?" 하고 살며시 문을 두드리는 것이었다. 언감생심이 아니던가!

그때를 기억하며 나는 단팥죽집을 찾았지만 어디에도 눈에 띄지 않았다. 바람처럼 지나가는 길이긴 했지만 나와 교토는 단팥죽과는 아무런 관계 없는 것이 되고 말았다.

8

나쓰메 소세키에게 교토의 밤거리에 대한 기억이 있다면 내겐 우리나라 천년의 고도 경주에 대한 기억이 있다. 그리고 그 기억 속 경주는 그에게 어두운 교토 밤거리의 풍경처럼 나에게 춥고 외로운 학창 시절의 모습으로 떠올랐다.

고등학교 3학년 무렵 중간고사가 끝나자마자 나는 막연한 마음으로 혼자 경주행 완행열차에 몸을 실었다. 아마 긴 사춘기의 끝 무렵이었을 것이다. 주머니에는 기차표를 사고 나니 달랑 동전 몇 개밖에 없었다.

내가 경주를 택한 것은 대구와 가깝기도 했지만 그곳에는 나랑 친했던 친구 누나가 살고 있었기 때문이다. 그 누나는 경주 변두리의 작은 우체국에 다니고 있었다. 이 년 전 나는 친구를 따라 그녀의 자취방에서 며칠을 보낸 적이 있었다. 하얀 면 덮개로 덮은 작은 앉은뱅이책상 하나와 작은 화장대, 작은 옷장 하나가 전부인 작고 소박한 방이었지만 책상 위 책꽂이에는 제법 많은 소설책과 지나간 잡지가 가지런히 꽂혀 있었다.

내 생각으론 그녀라면 내 이야기에 충분히 귀를 기울여줄 것 같다는 생각이 들었던 것이다. 아니, 『좁은 문』의 알리사처럼 그냥 있기만 해도 괜찮을 것 같았다. 가을이라 차창 밖에 단풍이 들어가는 산과 들이 가득 떠올랐다 천천히 뒤로 밀려갔다.

이윽고 기차는 은행잎이 무진장으로 떨어져 있는 경주역에 도착했다. 나는 한참 동안 걸어서 그 누나가 근무하던 우체국을 찾아갔다.

그런데 뜻밖에도 그녀는 그곳에 없었다. 그만둔 지 꽤 오래됐다는 것이었다. 나는 직감적으로 무언가 일이 꼬이기 시작했다는 것을 알았다. 그래서 곧장 기억을 더듬어 그녀가 살던 자취방을 찾아갔다. 그러나 그곳에는 그녀 대신 다른 사람이 살고 있었다. 볼이 홀쭉하게 들어간 러닝 차림의 할머니였다.

할머니는 웬 고등학생인가, 하는 눈으로 나를 올려다보았다. 나는 낭패한 표정으로 서 있다가 더듬거리는 투로 말했다.

"할머니 말씀 좀 여쭐게요. 예전에 여기 살던 누나 어디로 갔는지 몰라요?"

"누나라구……?"

"예, 우체국에 다니던……."

"아, 그 아가씨. 시집갔어."

그냥 걸려온 전화 한 통

"예?"

낭패가 현실로 다가오는 순간이었다. 나는 순간, 나의 무모한 행위에 때늦은 후회를 했지만 이미 어쩔 수가 없었다. 돌아 나오는 걸음이 천근만근 무거웠다.

"쯧쯧, 누나람서 시집간 줄도 몰랐어?"

뒤에서 할머니의 혀 차는 소리가 들렸다.

발길이 닿는 대로 걸었다. 오라는 데도 없었고, 딱히 갈 데도 없었다. 그저 터벅터벅 걷는 수밖에 없었다. 한참 가다 보니 첨성대가 나왔다. 교과서에는 대단한 유물이라고 나와 있지만 그때 내겐 아무 감흥도 불러일으키지 못했다. 근처 쭈그리고 앉아 있는 동전을 탈탈 털어 빵을 사서 먹었다. 배가 부르니 그래도 살 만하였다.

다시 걸었다.

이윽고 날이 저물어가기 시작했다. 나는 어차피 이래 된 것, 어쨌거나 이 밤을 이곳에서 보내고 내일 첫차로 대구로 돌아가리라 마음먹었다. 차비는 없었지만 통학 열차라 사정하면 어떻게 될 것 같은 생각이 들었다. 텅 빈 들판에 한쪽에 왕릉 같은 것도 나타나고, 계림(鷄林) 같은 낯익은 이름의 간판도 나왔다. 그렇게 한참 걸어가노라니 커다란 탑 하나가 나타났다. 분황사 모전석탑이었다.

나는 그 아래에 주저앉았다. 다리가 아파 더 이상 걸을 수도 없었거니와 걸어간다고 뾰족한 수가 있는 것도 아니었다. 그 밤을 그탑 아래에서 지새기로 결심하였다. 잠깐 사이에 깊은 물속 같은 외로움이 몰려왔다. 처량함과 후회감이 갈비 안쪽 깊숙한 곳으로 파고 들었다. 자기 연민과 있지도 않은 연인에 대한 그리움에 나도 모르게 눈가가 습벅하게 젖어왔다.

그때 나는 니체를 즐겨 읽었는데 그의 글 중에 "청춘, 나는 마치 열병을 앓듯 너를 앓았네."라는 구절이 가장 마음에 들었다. 내게는 정말 열병 같은 청춘이었다.

무릎 사이에 고개를 묻고 쪼그려 앉았는데 어느새 잠이 들었다.

얼마나 잤을까. 추위에 잠이 깨었다. 뼛속까지 오돌오돌 떨려왔다. 눈을 들고 하늘을 쳐다보았다. 아니, 쳐다볼 필요도 없었다. 눈길 가는 곳이 모두 벌판 위 검은 하늘이었다. 그 하늘 가득히 별들이 떠 있었다. 비스듬히 흘러가는 은하수도 보였다.

아, 저토록 많은 별이라니!

나는 마치 우주의 바닷가 한쪽에 서서 거대한 바다를 바라보는 느낌이 들었다. 두려운 마음이 들었다. 그렇게 많은 별은 나중에 어른이 되어 실크로드의 사막으로 가기 전에는 결코 본 적이 없었을 것이다.

9

이제는 나쓰메 소세키가 인력거를 타고 달리던 교토도, 내가 쪼그리고 앉아 밤새 떨었던 경주도 더 이상 존재하지 않는다. 그것은 마치 먼 옛날의 신기루처럼 사라져버렸다.

시간이란 참으로 이상하다. 신의 마술일까? 누구는 시간을 가리켜 신의 그림자라고 하였다. 어쨌든 모든 존재는 시간의 포로들이다. 시간 속에는 아무것도 영원할 수 없다.

그러나 한편 생각하면, 이 육체라는 존재를 벗어나면, 나는 태초부터 어떤 시간 속에서도 있었고, 또 어떤 공간 속에서도 있었다는 생각이 든다. 과거에도 그러했고, 현재도 그러하며, 미래도 그러할 것이다. 고정된 실체로서의 '나'라는 존재는 처음부터 없었다. 잠시 인연에 의해, 인연 따라 나타났다가 흩어질 뿐이다.

그것을 불교에서는 윤회라고 한 것인지 모른다. 그러므로 지금의 나는 이 영겁의 시간이란 강물 위에 번개처럼 스쳐가는 존재가 아니라 나 역시 영원한 윤회를 겪으며 이 우주가 끝날 때까지 함께하는 존재인 것이다.

그 모든 것은 일종의 마술과도 같은 것이다.

양철 지붕 아래서

여름내 양철 지붕을 때리던 빗소리도 그치고 어느새 나의 가난한 작업실 마당에도 가을이 왔다. 내가 이곳에 둥지를 튼 것은 어느 해 봄이었다. 신문 연재를 맡아놓고 마땅한 글 쓸 곳이 없어 전전하던 내게 서양화가인 아무개 여성이 자기 작업실을 빌려준 것이었다.

오랫동안 비어 있던 군대 조립식 막사처럼 생긴 그녀의 작업실은 먼지만 뽀얗게 쌓여 있었다. 그러나 먼지를 쓸어내고 죽은 파리들의 시체를 치우고 나니, 내게는 그곳이 마치 오래전부터 있었던 것처럼 아늑한 둥지가 되었다. 나는 이제 한동안 이 둥지에서 혼자 밥을 해먹고 잠을 자며 고통스럽지만 달콤한 창작의 산고(産苦)를 감당하지 않으면 안 될 것이었다.

— 백석면 은현리 살구나무골.

그새 키가 훌쩍 자라버린 옥수수밭을 지나 저수지까지 정확히 오후 다섯 시에 산책을 나갔다. 어스름이 내리는 농로를 따라 걷다 보면 사육용으로 키우는 개들이 일제히 짖어대기도 하고, 가을을 알리는 풀벌레 소리가 가득 귓속을 메우기도 한다.

이곳의 풍경은 모두 키가 작다. 낮게 엎드린 산이며 언덕이며, 그 산과 언덕을 기어가듯 꼬물꼬물 올라간 길도, 길을 따라 서 있는 전봇대도 나지막하기만 하다. 며칠 전에는 마음씨 좋은 그 여성 서양화가가 와서 곧 겨울이 닥칠 것을 염려하여 이런저런 걱정을 해주고 갔다. 그리고 좀 더 좋은 작업실을 빌려주지 못해 미안하다는 말과 함께 기름 보일러 사용법과 자기가 쓰던 낡은 난로를 손질하는 법을 가르쳐주었다.

하지만 그런 정도의 불편함 정도야 얼마든지 참을 준비가 되어 있었다. 오히려 기름기 넘치는 도시 생활을 떠나 이렇게 가난하고 소박한 생활을 할 수 있는 기회가 내게 무슨 특권처럼 주어졌다는 것에 감사할 따름이었다. '나의 작업실' 부근에는 작은 젖소 농장이 있었고, 젖소 농장에서는 여름 내내 파리 떼들이 새까맣게 몰려와 나를 괴롭혔다. 젖소 농장의 주인은 절름발이 아저씨였는데, 그는 활달하고 건강하게 생긴 아주머니와 중학생 아들과 함께 살고 있었다. 빼빼 마르고 얼굴이 흰 중학생 녀석은 혼자 공터에서 축구를 하곤 하였다. 나는 해바라기를 하러 나왔다가 녀석과 한참 동안 공차기를 하였는데 그런 날은 아주머니가 자기 아들과 놀아준다고 빈대떡을 부쳐 보내주었다. 모두가 심심하고 변하지 않는 모습이었지만 계절만은 어김이 없다.

저녁에는 오래간만에 가을비가 내렸다.

양철 지붕을 때리는 빗소리가 여름철 때처럼 그렇게 소란스럽지는 않았지만 마음 깊숙이 스며들어 외로움을 불러일으키기엔 충분하였다. 나는 갑자기 너무나 아득해져서 끊었던 담배꽁초를 찾아 한참동안 쓰레기통을 뒤적이지 않으면 안 되었다.

그럴 땐 예전 언젠가 가보았던 실크로드의 타클라마칸 사막과 티벳 고원을 떠올렸다. 가도 가도 풀 한 포기 없는 삭막하고 황량한 풍경 속에서 나는 까닭 없는 겸손과 위안을 얻곤 했다. 지금도 몸살이 나서 꽁꽁 앓고 있을 때 흰 구름만 지평선에 하염없이 떠다니는 사막 속의 섬, 둔황 부근의 사막을 생각하면 어떤 생의 위안 같은 것이 느껴지곤 한다.

더 이상 남과 경쟁할 필요가 없는 어떤 절대적인 힘이 나의 시선 한쪽을 끌어당기고 있기 때문일 것이다. 풍요로운 일상으로 향해 있는 시선의 다른 쪽, 소멸과 무한으로 열려 있는 또 하나의 지평선이 있다는 사실에 나는 때때로 놀라움을 느끼곤 한다.

나는 오랜만에 일기장을 꺼내어, '나의 시선 한쪽엔 언제나 사막이 있다'고 쓴다. 요즘 들어 나는 나이 들어간다는 것이 결코 나쁘지만은 않다는 것을 문득 깨닫고는 한다. 오히려 나이를 먹어가면서 예전에 몰랐던 자유를 조금씩 느끼게 된다. 가을 기운에 물들어

그냥 걸려온 전화 한 통

가는 낮은 들녘, 젖소를 키우는 목장에서 들려오는 방울 소리, 아무렇게나 입은 대로 신은 대로 나서도 누가 흉보지 않는 이 자유로움. 도대체 이 자유를 또 다른 무엇과 바꿀 수 있단 말인가.

수염은 멋대로 자라 잡초처럼 턱을 덮었지만 내버려둔 지 오래다. 게으름도 때때로 미덕이 된다. 생각하면 그동안 나는 얼마나 열심히 달려왔던가!

양철 지붕을 때리는 빗소리.

이 비가 그치고 나면 곧 번개처럼 성큼 겨울이 코끝에 다가올 것이었다. 내일은 단연코 난로를 꺼내어 손질을 해야겠다고 다짐한다.

장롱 이야기

몇 해 전 봄, 드디어 장롱을 바꾸었다.

그때로 치자면 우리가 결혼한 지 꼭 삼십 년째가 되는 해였으니까, 장롱 역시 우리와 함께한 지 삼십 년이 되는 셈이었다. 그동안 수차례 이사를 다니느라 여기저기 더러 상처를 입긴 했지만 아직 쓸 만한 터여서 웬만하면 그냥 두리라 했는데 마침 집 보수공사를 하는 처제가 자기네 가구를 바꾸면서 우리더러도 이제 그만 그 구닥다리 같은 장롱을 치울 때가 되지 않았느냐고 은근히 압력을 넣는 바람에 그럼 구경이나 하지, 하고 거름 지고 장에 가듯 따라 나선 것이 그만 화근이 되고 말았던 것이다.

사실 꼭 그 말이 아니더라도 바꿀 때는 되었다.

예전에 비해 식구도 늘어났거니와 뭐니 뭐니 해도 그동안 살림살이가 늘어 여덟 자 장롱에 이것저것 넣다 보면 남은 것만 해도 또 그만한 부피가 되었다. 나는 입지도 않을 옷을 쑤셔 넣어두고 있다고 투정을 부렸지만 아내의 입장으로서는 버린다, 버린다 하면서도 도저히 버릴 수 없는 옷이 그래도 많아 화장실 두 개 중 안방에 붙어 있는 작은 하나는 아예 수납장으로 개조하여 옷걸이를 세우고 잡동사니를 잔뜩 집어넣어두고 있던 터였다. 그러니까 어느 정도 한계 상황에 이른 셈이었다. 그런 데다 그게 말하자면 척, 하고 버리지 못할 만큼 값비싼 장롱도 아니었다.

삼십 년 전 아내와 내가 결혼할 무렵엔 두 집 다 거의 밑바닥까지 기울다시피 하여 순전히 우리 둘이서 자력으로 결혼 준비를 하지 않을 수 없었다. 남의 집 이 층 단칸방을 마련하는 것은 물론이고 결혼식장 잡는 것, 예단, 심지어는 결혼식 하객을 위해 음식을 장만하는 것까지 둘이 의논하여 마련하지 않으면 안 되었다. 그래서 약간의 빚까지 얻지 않을 수 없었는데, 다행히 둘 다 그럭저럭 괜찮은 직장에 다니고 있었기 때문에 조만간 갚을 수 있으리라는 기대가 있었다.

그런 형편이니 비싼 장롱을 마련했을 턱이 없었다. 둘이 을지로에 나갔다가 첫 집에서 고른 물건이었다. 아주 평범하기 짝이 없는 무늬목 여덟 자짜리 장롱이었다. 오래 물건을 고르지 못하는 내 성격 탓도 있었지만 그 돈으로 돌아봐야 그게 그거일 거라는 종업원의 말이 그럴듯해 두 번 돌아보지 않고 산 것이었다.

그게 또한 인연이라면 인연인지도 몰랐다.

그리하여 삼십여 년을 함께 지냈으니 이제 이별을 해야 할 때도 된 셈이다. 처제의 말에 의하면, 해도 너무하다는 것이었다. 그리하여 우리는, 여기서 우리란 우리 부부와 처제네 부부 그리고 조언자이자 감별사로 따라나선 처형을 말한다, 이제는 나이와 수준(?)에 걸맞게 제법 좋은 것으로 장만해야겠다는 약간의 강박관념과 이번이 어쩌면 우리 일생에서 가구를 사는 마지막 기회가 될지도 모른다는 일종의 비장함을 가지고 함께 매운 바람 부는 사당동 거리를 돌아 헌인릉 가구 거리까지 가게 되었던 것이다.

사실 가구라는 것은 취향에 따라, 가격에 따라, 천차만별이어서 옛날 서양의 고성에서나 봄 직한 고풍스럽고 묵직한 수입 가구부터 틀림없이 신혼부부를 겨냥한 듯싶은 젊은 감각의 산뜻한 가구까지 얼마든지 널려 있었다. 욕심이 나면 가격이 문제고 가격이 그래도 맞다 싶으면 괜스레 따라나선 나이 많은 처형이 자신의 사명을 다하려는 듯이 무언가 하자를 잡아내었다.

사실 나로서는 이런 아이쇼핑이야말로 고문 중의 고문이었다. 이제 와서 고백하거니와 나의 평소 인생철학으로 말하면 장자(莊子)에 나오는 이른바 '오십보백보(五十步百步)'이다. 좀 모자라거나 좀 남거나 그게 그거일 거라는 것이다. 장자까지 갈 필요도 없이 세상일이란 게 크게 보자면 그렇게 차이가 없다는 것이 나의 경험상 결론이었다.

그렇다고 내가 두루뭉술하다거나 대충 그렇고 그런 성격일 거라고 오해하지 말기를 바란다. 나로 말하자면 참으로 까다롭기 짝이 없는 인간이다. 하지만 적어도 이런 일에선 정말이지 무엇이건 간에 빨리 결정을 짓고 어디 따뜻하고 편안한 찻집에나 들어가 이야기를 나누는 것이 백 배는 더 나을 것 같았다. 그러나 여자 셋, 아내와 처제와 처형을 따라다니는 쇼핑에 결코 나의 오십보백보 철학이 먹힐 리가 없었다. 더구나 일생의 한 번. 마지막 기회. 이 얼마나 비장한 말인가.

그러니 다소 날씨가 맵고 발이 좀 아프다 해도 참아야 하지 않겠는가. 나중에 눈이 핑핑 돌고 다리가 풀렸지만 나는 한없이 너그러운 표정으로 어느 가구가 낙점될 때만을 기다리며 순한 강아지처럼 따라다녔다. 그런데 그날따라 추운 날씨 탓도 있겠지만 들어가는 집마다 썰렁하기 짝이 없었다.

그래도 사당동은 좀 나았다. 헌인릉 가구 거리는 그야말로 찬바람만 횡횡 불어 다닐 뿐이었다. 불황, 불황 해도 이 가구 거리만큼 불황도 없을 것 같은 생각이 들었다. 두 손을 바지 주머니에 찌른 채 어깨를 푹 숙이고 걸어가는, 틀림없이 동남아 어디에선가 올라온 친구의 모습이 눈에 아프게 걸려들었다.

우리는 아무 데나 발길 닿는 대로 걷다가 유리창 너머로 슬쩍 탐색을 좀 한 다음, 그런 일은 주로 경험 많은 처형이 맡았지만, 그래도 물건이 좀 있을 것 같은 예감이 든다 싶은 집을 골라 용기를 내어 들어갔다. 그러면 거미줄 어디에 숨어 있던 거미처럼 어느새 어디서 나타났는지 슬그머니 종업원처럼 생긴 사내 하나가 나타나 비로소 난로를 켜거나 온풍기를 돌리면서 조심스럽게 말을 건네온다.

말투로 보자면 사든지 말든지 알아서 하라는 식으로 더없이 여유로운 척하지만 내심은 틀림없이 그게 아닐 것이었다. 삼 년 가뭄에 소나기 만난 사람처럼 어떻게든 팔아보려고 하는 결연한 의지가 그의 표정에서 그대로 느껴졌다.

"어떤 걸루 찾으십니까?"

종업원같이 생긴 사내는 짐짓 비굴하지도 거만하지도 않은 조심스런 어투로 말하고는 우리의 눈치를 살핀다. 그런 다음 행색으로 보아하니 비싼 가구를 살 사람들은 아닐 것 같으니 얼른 그럴듯한 중저가의 장롱 쪽으로 안내하여 열심히 설명을 하기 시작한다. 그럼에도 불구하고 이 인간들이 과연 우리 집에서 지겨운 가구 사냥의 여정을 마칠 눈치일까 아닐까를 끝없이 탐색을 한다. 그럴 눈치가 아니면 공연히 공염불로 떠들어댈 필요가 없을 것이기 때문이다.

하지만 이쪽도 사정은 마찬가지여서 사고 싶은 마음이 별로 없을 경우에도 짐짓 속내를 감추면서 고개를 끄덕이며 듣고 있는 꼴이 또한 가관이었다. 하나 팔아주고 싶은 심정으로 치자면 집집마다 오케이를 놓고 싶었지만 가구란 놈이 그런 것이 아니어서 어느 정도 설명이 끝나갈 무렵이면 참 좋다, 잘 만들었다, 한번 돌아보고 다시 오겠다고 공연히 말뿐인 허사를 늘어놓은 다음, 뒤통수가 무거운 걸 느끼면서 달아나듯 허겁지겁 빠져나오는 수밖에 없었다.

그래도 이게 일생의 마지막 선택이 될지도 모른다, 그러니까 이왕이면 선택의 폭을 넓히기 위해 사지 않더라도 이것저것 보아두는 것이 낫다는 처형의 다분히 구경꾼적인 주장에 따라, 사실 실제 구매자는 우리와 처제네였으니까, 고급 가구 집에도 본의 아니게 기웃거리게 되었는데, 호두나무로 조각을 하여 만들었다는 고급 가구점의 늙수레한 대머리 주인은 첫눈에 우리가 가구를 바꾸려고 벼르고 별러서 왔다는 사람인 것을 눈치채고는 막무가내로 매달리다시피 하는 것이었다.

"보아하니 나이들도 듬직하시니 말입니다만, 가구는 절대로 전자제품이 아닙니다. 썼다가 새로운 게 나오면 확 바꾸거나 버릴 수 있는 물건이 아니라는 말씀입니다. 그러니까 자기 평생, 그리고 대를 이어 물려줄 수도 있는 것이 바로 이런 장롱을 비롯한 가구라는 말씀이올시다. 비싸다 싸다 하는 것은 한순간입니다. 아, 말이 났으니 말입니다만 자동차와 한번 비교해보세요. 그까짓 몇 년 타다 보면 폐차나 다름없게 되는 게 자동차인데 비싸긴 얼마나 비쌉니까. 그래도 척척 잘도 사지요. 그게 다아 허영심이 아니고 무엇이겠습니까? 그에 비하면 가구는 정말 똥값이나 다름없어요. 자아, 보세요. 이게 전부 일일이 손으로 판 것이라구요. 이런 가구 하나 장만해놓으시면 정말이지 장담합니다만, 평생 후회하지 않으실 겝니다."

그러고 나서도 안심이 되지 않는지 다시 은근한 목소리로 덧붙였다.

"가격에 대해서는 신경 쓰지 마세요. 제가 사장입니다. 마음에 드시는 가구만 찍으시면 얼마든지 협상이 가능합니다. 무슨 말인지 아시겠지요?"

이 층 가구 전시장까지 도는 동안 그는 정말 열심히 뒤를 따라다니며 간절한 눈빛으로 설명을 했다. 우리가 조금 마음이 동하는 눈치를 보이자 그는 숫제 하소연까지 곁들인 투로 자신의 진심을 말하였다.

"아아, 정말이지. 요즘 같아서 정말 이 장사도 해먹지 못하겠어요. 마음 같아선 원가가 되지 않아도 팔아치워버리고 싶은 심정뿐이랍니다. 벌써 두 달째 애들 월급조차 주지 못하고 있으니 말이오. 대개가 동남아 출신의 불쌍한 외국인 노동자들이지만요."

호두나무로 깎은 가구는 정말 내가 보아도 예술품 같았다. 이런 가구 하나를 만들기 위해 들였을 노고를 생각하니 저절로 마음이 숙연해지기까지 했다.

그런데 그의 딱한 처지도 처지였지만 우리에겐 미리 정해둔 우리의 예산이 있었다. 아무리 원가라 해도 우리에겐 너무 비싼 가구였던 것이다. 그런 데다 서른 남짓 평수의 집에 두기에는 너무 무거워 보였다. 그랬다간 숫제 가구를 모시고 사는 꼴이 될지도 모르는 일이었다.

"정말 잘 만들었군요. 좋아요! 하지만 한 바퀴만 둘러보고 올게요."

처형이 말했다.

그 말이 무슨 뜻인지 모를 바보는 없었다. 한번 둘러보고 오겠다는 손님 치고 다시 돌아오는 손님은 거의 없었기 때문이다. 대머리 주인의 얼굴이 허탈하다 못해 낙심천만으로 변하였다. 그러나 동정심 때문에 '평생의 마지막이 될지 모르는 일'을 그르칠 수는 없었다. 우리는 달아나듯 그 집에서 빠져나와 골목 어귀를 돈 다음 마치 도둑질하다 도망친 사람들처럼 한숨을 돌렸다.

그렇게 두세 집을 돌고 나니 다시 더 돌아볼 마음도 없어져버렸다. 결국 우리는 대충 눈으로 찍어둔 어느 집쯤에서 우리의 주머니 사정에 알맞은 똑같은 가격의 똑같은 모양 장롱 둘을 골라 계약을 해버렸다. 그 집으로 치자면 억세게 운이 좋았던 셈이었다. 일단 계약을 하고 나서 보니 너무 평범해 보였지만 튼튼하고 오래 보아도 질릴 것 같지 않아 나는 내심 다시 한번 나의 오십보백보 철학을 되씹을 수 있었다.

그리하여 우리의 장롱 사냥 대장정도 끝을 맺었다.

새 장롱이 들어올 때에 나는 집에 없었다. 그래서 전날 미리 새

장롱 이야기

장롱이 들어올 자리를 마련해두었었다. 새로 들어올 장롱 대신 여덟 자짜리 낡은 장롱과 어머니가 쓰시던 한 칸짜리 옷장이 그 대신 자리를 비워두어야 할 신세가 되었다. 약간은 미안하고 서운한 마음도 없지 않았지만 어쩌겠는가. 회자정리(會者定離)라 만남이 있으면 반드시 또 헤어짐이 있게 마련이지 않겠는가. 새로 들어올 장롱을 떠올리자 낡은 장롱은 더욱더 낡고 허름해 보였다. 헤어져도 진작 헤어져야 했는데 그동안 궁상깨나 떨었던 셈이었다.

새 장롱은 오후 두 시에 들어왔다.

나는 아내로부터 새 장롱이 들어왔다는 전화를 받았다. 사 층짜리 연립의 삼 층이어서 사람 어깨로 지고 나르느라 약간 힘이 들었다지만 그럭저럭 별 탈 없이 잘 들여놓았다는 것이다. 아내의 목소리는 전에 없이 밝았고 힘이 넘쳤다. 새 가구를 놓으니 집 안이 한결 깨끗하고 넓어진 것 같다는 것이다. 모든 것이 순조롭게 끝난 것이었다.

오후부터 비가 내리기 시작했다

나는 어둑할 무렵 퇴근을 하고 평소보다 빨리 집으로 갔다. 그런데 아파트 입구에 들어설 무렵 어둠 속에서 눈에 익은 물체가 서 있는 게 보였다. 경비실 앞 처마 밑에 처량하게 서서 비를 맞고 있는 물체. 그것은 다름 아닌 오늘 아침까지도 우리 집 안방에 자리 잡고 있던 '우리 집' 장롱이었다. 그리고 그 옆의 것은 어머니의 손때 묻은 싸구려 옷장이 틀림없었다.

그냥 걸려온 전화 한 통

그 순간 이상하게도 코끝이 찡해져 왔다.

그리곤 마치 예기치 않았던 일처럼 슬픔의 파도가 어둠의 저쪽에서 밀려와 온통 가슴을 채우는 것이었다. 오랫동안 함께 어려운 시절을 다 보내고 이제는 같이 늙어버린 조강지처를 바라보는 느낌이 있다면 이런 것이리라. 젊고 아름다운 시앗에게 안방을 내어준 채 어둠 속에서 하염없이 비를 맞고 있는 조강지처…….

그래, 우리 사이엔 얼마나 많은 눈물과 웃음이 있었던가. 수유리 산동네, 장미원 이층집, 노원 주공 아파트…… 두 아이가 클 동안 우리 사이에 얼마나 많은 이야기들이 주름처럼 남아 있었던가. 어머니의 옷장 역시 어머니가 처음 서울로 올라오셨을 때 가구점에 가서 손수 고르신 것이었다. 그 옷장엔 또한 어머니의 세월이 묻어 있었다.

지금 그들은 막 그들의 세월을 다한 존재들처럼 우리들에게서 버림받은 채 처마 밑에 서서 묵묵히 비를 맞고 있었던 것이다. 아내의 전화를 받고 들떠 있던 내 마음은 일순간 사라져버렸다. 나는 한동안 그들처럼 비를 맞으며 물끄러미 그들을 바라보았다.

그러고는 이윽고 큰 결심이라도 한 것처럼 돌아서서 집을 향해 터벅터벅 걸어갔다. 어깨 위에는 이른 봄비가 축축하게 떨어지고 있었다.

고추장 한 병으로 남은 여름

지난여름, 나의 여주 작업실이 있는 골짜기 끝 집으로 스님 한 분과 다섯 살가량 된 아이를 업은 젊은 아주머니 한 분이 들어왔다. 그렇지 않아도 일 년 내내 한적한 골짜기인 데다 그들의 존재는 너무나 특이했기 때문에 금세 눈에 띄었다. 그렇지만 마치 불문율이라도 되는 것처럼 아무도 그들이 왜 이런 골짜기로 흘러 들어왔는지 묻는 사람은 없었다.

그들은 여름 내내 또 다른 젊은 사내 하나와 함께 빈집을 수리하고 청소를 하고 처마를 달았다. 나 역시 호기심이 동하긴 했지만 언젠가는 자연히 알게 되겠지, 하는 마음으로 그냥 무심한 척 지나쳤다. 모두가 낮고 작고 외로운 존재들이니 그냥 들어와 서로 안기고 안으면서 살면 되는 것이 이곳의 삶인지도 모른다.

그런데 나의 산책길이 공교롭게도 그 집 앞을 지나가지 않으면 안 되는 곳에 있었다.

그냥 걸려온 전화 한 통

그 집 앞을 지나 개울을 따라 계곡으로 난 길을 한 바퀴 돌아오는 것이 매일 나의 산책 코스였던 것이다. 산책길에 나선 나의 차림새도 약간 우스꽝스런 것이어서 밀짚모자에 진한 선글라스를 쓰거나 바지를 둥둥 걷은 채 기다란 작대기를 하나 들고 무언지 모를 소리를 혼자 중얼거리는 모습이었으니 이 골짜기에서 나 역시 약간 특이하다면 특이한 존재로 비쳤을지도 모른다. 무심한 눈길이긴 했지만 그런 나와 저런 그이들이 오가는 길에 몇 번 눈이 마주친 것은 어쩔 수 없는 일이었다.

그런데 하루는 산책을 나갔다가 그 집 앞을 지나가는데 아주머니가 쫓아 나오더니 잠깐 기다려보라고 한 다음 다시 안으로 들어갔다. 그러고는 무언가를 들고 나왔는데 뭔가 하며 봤더니 고추장을 담은 작은 병이었다.

"작가 선생이 혼자 계신다기에…… 제가 직접 담근 건데 전라도식 고추장이에요. 맛이 있을랑가 모르겠습니다만……."

그녀는 쑥스럽게 웃으면서 말했다. 그녀 뒤로 아이를 업은 스님이 미소를 지으면서 나오는 게 보였다.

"고맙습니다. 근데 어쩌나…… 전 드릴 게 없는데요."

나는 선글라스를 벗고 약간 당황한 목소리로 말했다.

"아, 괜찮아요. 이런 골짜기에 함께 사신다는 게 얼마나 위안이 되는데요."

그녀는 말끝을 흐리며 다시 한번 웃으며 말했다. 나는 진심으로

고추장 한 병으로 남은 여름

감사를 하며 고추장을 받았다. 이런 곳에 살기엔 그녀의 손이 유난히 곱고 섬세하다는 생각을 하면서……. 무언지 모를 삶의 수수께끼 같은 것이 그 속에 들어 있을지도 모른다는 생각을 하면서…….

여름이 깊어갈수록 망초꽃이 기승을 부렸다.

오래 버려진 밭에는 하얀 꽃들이 점령군들처럼 거침없이 자리를 잡고 퍼져나갔다. 그리고 나서 나는 무슨 바쁜 일이 걸려 한동안 작업실에 내려가보지 못하고 지내고 말았다. 그리고 그이들에 대해서도 까맣게 잊어버리고 있었다. 다시 오랫동안 비워두었던 작업실로 내려간 것은 그로부터 서너 달이 지난 깊어가는 가을 무렵이었다. 그새 무섭게 자라나던 풀들도 기세가 꺾여 누렇게 바래어가고 있었고, 뒤란의 감나무 감도 어느새 홍색으로 물들어가고 있었다.

나는 죽은 벌레와 먼지를 쓸어내는 등 청소를 마치고 나자 신발을 꿰어 신고 슬슬 그이들이 살던 집을 향해 산책 삼아 걸어나갔다. 뒷짐 진 내 손에는 아이에게 줄 작은 장난감 하나와 그이들에게 줄 조그만 선물이 하나 들려 있었다. 그리곤 나는 일부러 무심한 표정으로 그 집 안을 기웃거렸다.

하지만 이상하게 집은 텅 비어 있었고, 스님과 아주머니, 아이 모두 어디론가 가고 없었다. 그이들이 여름 내내 손보고 있었던 처마는 단정하게 꾸며져 있었지만 허술한 대문은 비스듬하게 닫혀 있었다. 마당에 자란 풀로 보아 집이 빈 지도 꽤 오래되는 것 같았다. 빈집은 다시 예전처럼 빈집이 되어 있었던 것이다. 나는 왠지 허전해진 마음으로 발걸음을 돌리지 않을 수 없었다.

나중에 그곳에 사는 도공(陶工) 후배에게 들은 이야기지만 스님과 아주머니는 대학 시절의 첫사랑이었다고 했다. 졸업하고 나서 두 사람은 어떤 피치 못할 사정으로 (아아, 그런 어떤 피치 못할 사정이 우리의 인생에는 얼마나 많은가!) 헤어졌는데 세월이 유수와 같이 흘러 남자는 스님이 되었고, 여자는 바이올리니스트가 되었다. 그런데 몇 년 전 아주머니가 아이 하나를 남겨둔 채 남편과 사별을 하고 말았다는 것이다.

그래서 아이를 업고 이곳 고달사에 머물고 있던 옛사랑인 스님을 찾아왔더라는 것이다. 난감해하던 스님이 어미와 아이를 거두어 함께 절에서 살다가 결국 하산하여 이 골짜기에 살러 들어왔었다는 것이었다. 아주머니가 마침 고추장을 잘 담근다고 하여 그이들은 고추장을 담가 생계를 삼으리라고 작정을 한 듯싶었다. 하지만 고추장을 담가 생계를 꾸린다는 것이 어찌 만만한 일이었겠는가. 어쩌면 그들의 사랑 역시 이 지상의 것은 아니었을지 모른다.

나는 다시 예전처럼 아무렇지도 않은 듯이 그 집 앞을 지나 산책에 나섰지만 갑자기 참을 수 없도록 쓸쓸해지는 것을 느끼지 않을 수 없었다. 유난히 섬세하고 고왔던 아주머니의 손을 생각하면 생의 어떤 수수께끼와 함께 알 수 없는 외로움 같은 것에 싸이고는

고추장 한 병으로 남은 여름

하는 것이었다.

그렇게 뜨거운 여름과 함께 꿈처럼 그들이 지나가고 난 자리에 고추장 한 병만 달랑 추억처럼 남아 있었다.

그냥 걸려온 전화 한 통

2부

군종 사병

군종 사병

예전 군대 시절, 내가 대대 군종 사병을 지냈다고 하면 믿을 수 없다는 표정을 짓거나 숫제 어처구니없다는 표정을 짓는 사람이 한둘이 아닐 것이다. 그도 그럴 것이 성경을 제대로 읽어본 것은 고사하고라도, 찬송가 하나 제대로 변변히 부르지 못하는 순 엉터리 교인이 바로 나였기 때문이다. 그러니까 군종 사병의 기본이랄 수 있는 설교는 물론이거니와 기도조차 제대로 못 하는 엉터리 중의 엉터리 군종 사병이 바로 나였던 셈이다.

그런 내가 어떻게 그런 막중한(?) 임무를 맡게 되었는가. 하지만 알고 보면 거기에 그리 뭐 대단한 비밀이 있는 것은 아니었다. 전임 군종 사병이었던 아무개 병장이 전역을 하면서 후임자를 물색하던 중 나의 병역 카드의 종교란에 기독교라 기록된 것을 보고, 게다가 나이도 많고, 국립대 철학과까지 나왔다는 것을 알고 (그게 군종 업무와는 아무런 상관이 없음에도 불구하고) 하루는 나를 피엑스로 불러 아주 간곡한 목소리로 자기 후임을 맡아달라고 하는 것이 었다. 이 황당하고 과분한 제의에 물론 나는 극구 사양을 하였다.

하지만 그는 이미 연대 목사님께도 말씀을 드렸다면서 반강제로 거의 떠맡기다시피 그 자리를 맡기고는 자기는 덜컥 한 달 뒤 전역을 해버렸던 것이다. 그렇게 하여 맡은 대대 군종 자리였다. 하긴 산골짜기 깊은 곳에 자리 잡은 신설 독립 포병대대의 군종 사병이란 게 뭐 그리 대단한 자리는 아니었다. 열외가 되는 것도 아니어서 다른 임무를 수행하면서 틈이 나면 알아서 군종 업무를 챙겨야 하는 순전히 과외의 일이었던 것이다.

전방부대여서 훈련은 왜 그렇게 많으며, 작업은 왜 그렇게 많은지 일요일이라 해도 변변히 모여서 예배를 볼 시간도 없었다. 간혹가다 연대에서 대위 계급장을 단 늙은 목사님이 털털거리는 오토바이를 타고 예하 대대 순방차 찾아오는 일요일에도 작업을 하다 모인, 채 열 명도 되지 않은 교인 병사들이 땀 냄새를 풀풀 풍기며 모여앉아 반은 꾸벅꾸벅 졸면서 설교를 듣기 일쑤였다.

조립식 막사 밖 바람 소리 쌩쌩 나는 내무반에 쭈그리고 앉아 달콤한 설교 소리를 듣고 있노라면 그렇지 않아도 피곤한 몸이라 밀물처럼 몰려오는 잠을 이길 수가 없었던 것이다. 명색이 군종 사병이라면서 나 역시 깊이 고개를 숙인 채 잠 삼매에 빠지는 바람에 민망했던 적이 한두 번이 아니었다.

하지만 그래도 군종은 군종이었다. 남이 시키지 않아도 자신의

군종 사병

임무가 있는 것이다. 그런 데다 그때만 해도 나는 다만 군종으로서의 임무뿐만 아니라 세상을 바꾸겠다는 혁명적 열정으로 넘치고 있을 때였다. 내가 군종 사병으로 최초로 시작한 것은 취침 시간 내무반 순례였다. 취침 시간에 맞춰 각 내무반을 돌며 간략하게 기도를 드리는 시간을 가지기로 했던 것이었다.

나는 그것을 위해 신자들 중에 기도를 잘하는 병사 한 명을 골라 함께 다니기도 했고 혼자 다니기도 했다. 처음에는 막 취침 준비를 끝낸 다른 내무반을 찾아가면 고참 사병들의 입에서 "시끄럽다, 잠 좀 자자!" "기도는 뭔 놈의 기도냐!" 하는 야유와 비난이 쏟아져 나왔다.

하지만 그런 것을 무시하고 계속 돌았다. 군종 사병이 기도를 하자는데 막을 사람은 없었다. 그런 데다 나는 대학과 감옥을 거치느라 다른 일반 사병들에 비해 나이가 서너 살은 많았다. 오죽하면 '영감'이란 별명이 붙었을까. 나중에는 내가 들어가면 으레 그런 줄 알게 되었다.

사실 기도란 얼마나 좋은 것인가! 하루 종일 쌍욕을 들으며 일과 훈련에 지친 그들에게 이렇게 큰 위로와 따뜻한 대화가 어디 있을 수 있을까. 인간이 얼마나 고귀한 존재인가를 그것처럼 확실하게 깨우쳐줄 수 있는 시간이 또 어디 있을까.

그리고 또 하나, 주전자에 커피를 끓여 야간 보초를 서고 있는 병사들을 찾아가는 일이었다. 그 일은 그렇지 않아도 잠이 모자라는 말단 졸병인 내게는 무척 큰 고행이나 다름없었다. 커다란 주전자에 물을 끓여 커피 봉지를 여러 개 털어 대충 휘저은 다음, 식을세라 야전잠바 안에 감추고 나설 때면 눈보라가 가슴패기를 여지없이 후려치는 것이었다. 하지만 그땐 나는 젊었고, 높은 이상에불타고 있었다. 맛없는 커피지만 보초를 서는 병사에게 권하고 어둠 속에서 몇 마디를 나누는 그 순간 나는 군종으로서 깊은 보람을느끼고 있었다.

그럼에도 불구하고 나는 여전히 엉터리 교인이었다. 고백하자면 나는 그때나 지금이나 늘 교회의 문밖에서 서성이는 자에 불과했던 것이다.

사실 내가 교회에 나가게 된 것도 순전히 고등학교 때 남몰래좋아했던 여학생 때문이었다. 남학생이 여학생에게 말 한 번 제대로 걸어보지 못하던 때라 나는 그저 죽어라고 일요일 그녀가 다니고 있던 교회에 나가 먼발치에서 그녀의 모습을 바라보는 수밖에없었다. 독실한 불교 신자였던 어머니를 따라 절에는 종종 가보았지만 교회는 어쩐지 낯설고 어색하기만 한 곳이었다. 목사님 설교도 건성으로만 들리었고, 찬송가도 기도도 흉내만 내었을 뿐이었다.

그녀는 또 그때 대구 동산병원의 원목으로 근무하시던 아무개목사님에게서 영어 바이블을 학습하고 있었는데 나도 친구 따라

강남 간다고 어쭙잖게 그녀를 따라 그 그룹에 끼었다. 그 아무개 목사님은 미국에서 온 지 얼마 되지 않은 매우 열정적인 강사였는데 영어 바이블을 처음부터 끝까지 영어로 암기하고 있는 분이었다. 내가 지금도 주기도문이나, 그 어렵다는 요한복음 일 장을 영어로 중얼거릴 수 있는 것도 순전히 그분 덕이었다.

어쨌거나 그렇게 인연을 맺은 기독교였지만 나는 여전히 문밖에 있는 자였다.

말하자면 사정에 따라 안을 기웃거려보기도 하고 그렇지 않으면 잊어버린 채 내내 지내도 문제가 없었던 것이다. 내가 교회 안으로, 아니 신앙 속으로 한 발자국 더 안으로 발을 들여놓은 것은 70년대 그 엄혹한 시절을 지나면서, 그리고 대학 시위로 감옥에 들어가면서부터였다. 그 시절엔 누구도 교회의 목소리에 위안과 희망을 찾지 않은 사람이 없었다. 70년대 우리나라 사회의 저항운동은 크거나 작거나 간에 기독교와 교회에 빚을 지고 있었다. 종로 5가 '기독교회관'은 시대를 고민하고 깨어 있는 목회자들이 있는, 살아 있는 민주화운동의 성지였다. 그 시대의 예수님은 억압받는 대중들의 위안이요, 해방자였다.

나는 감옥에서 나중에 훌륭한 목회자가 되어 활동하게 될 김거성 군을 비롯해 당시 신학대학교에 다니다 온 친구들을 많이 만났고, 그들로부터 신학적인 이야기를 많이 들었다. 그리고 그들로부터 찬송가를 배웠고, 성경과 구티에레즈의『해방신학』을 비롯한 진

군종 사병

보적인 신학자들의 책을 빌려 읽었다. 나는 대학 시절 '시간론'에 관심이 많아 박홍규 교수님에게서 아우구스틴의 『고백록』 불어판 강독을 수업받기도 했는데, 그것과 해방신학자들의 시간론, 나아가 종말론과 구원론에 대한 해석을 배울 수가 있었다. 내가 나중에 철학적 시간과 물리학적 시간에 대한 본격적인 책을 쓰게 된 것도 순전히 그때의 그들 친구 덕분이었다.

그것뿐이었다. 그렇다고 내가 '예수쟁이'로 변한 것은 아니었다.

그런 내가 어떻게 군종의 사역을 성공적으로 할 수 있었겠는가. 지금 생각해도 가당치 않은 소임이었다. 그런 수준의 나였지만 어쨌든 군종은 군종이었다. 그런데 일병을 갓 달고 얼마 후 5·18 광주민주화운동이 터졌고 나는 과거 전력 때문에 보안대로 끌려갔다. 광주를 피로 물들이며 등장한 신군부는 군대 내의 불순 세력을 소탕한다는 명목으로 나같이 빨간 줄이 올라가 있던 사람을 이유도 없이 끌고 갔던 것이다. 그곳에서 나보다 먼저 끌려온 친구 몇몇과 함께 근 한 달간 지하실에서 온갖 말로 할 수 없는 고문을 당했다. 때리는 놈도 맞는 놈도 영문을 알 수 없는 짐승 같은 시간이었다.

그런 어느 날, 보안사령관이 나를 자기 방으로 불렀다. 어마어마하게 크고 잘 닦인, 마루가 번쩍이는 방이었다. 신군부의 핵심이자 현역 대령인 데다 나는 새도 떨어뜨린다는 동해안 보안대 지역 사령관 방이었다.

군종 사병

그는 기름기 흐르는 머리칼에 사복을 입고 있었고, 나는 계급장도 명찰도 없이 입술은 터지고 온몸은 피멍으로 물든 남루하기 짝이 없는 몰골의 일등병이었다. 아니, 그들의 초라한 포로였다. 나의 그런 모습이 그의 눈에 어떻게 비쳤을까. 혹시나 벌레나 더러운 강아지쯤으로나 비치지는 않았을까.

그는 의자에 깊숙이 기대앉아 발을 까닥거리며 마치 영화에 나오는 나치 장교처럼 거만한 표정으로 차렷 자세로 서 있는 나에게 먼저 공산주의와 사회주의의 차이에 대해 말해보라고 했다. 나는 내가 생각해도 이상하게 침착한 마음이 들어 간략하게 생각나는 대로 일반적인 대답을 해주었다. 그는 다시 철학과를 나왔으니까 죽음에 대해 말해보라고 했다. 나는 소크라테스와 예수의 죽음을 예로 들어 생각나는 대로 답해주었다.

그는 나의 침착한 태도에 약간 의외라는 표정을 지었다. 그러고는 기독교 믿는 애들 중에는 빨갱이 사상을 가진 친구들이 많다면서 너는 신의 존재를 증명할 수 있느냐고 물었다. 나는 물론 할 수 있다고 말했다. 그러고는 거꾸로 그에게 신은 유한한 존재인가, 아니면 무한한 존재인가 하고 되물었다.

그는 불쾌한 표정으로 그야 신이니까 무한한 존재겠지, 하고 대답했다

"그럼, 인간은 유한한 존재입니까, 무한한 존재입니까?"

"그야, 유한한 존재지."

"유한한 존재로부터 무한한 존재가 나올 수가 있을까요?"

"없지."

"따라서 신이란 개념은 그 자체로부터 나올 수밖에 없습니다. 말하자면 인간이 만들거나 생각해낸 존재가 아니라는 뜻이지요. 그러니까 신이란 말 자체는 이미 신이 존재한다는 것을 전제로 하지 않으면 안 되는 것입니다."

나의 말에 잠시 얼떨떨한 표정을 짓고 있던 사령관의 얼굴이 차츰 불쾌하게 이지러졌다. 아마 이 보잘것없는 일등병의 입에서 자기도 이해할 수 없는 그런 고차원의 논리가 나오는 것 자체가 비위가 상했는지 몰랐다.

"이 새끼. 궤변가군, 궤변가야!"

그는 신음이라도 하듯 중얼거렸다. 그러고는 부관을 불러 빨리 밖으로 나가라고 했다.

하지만 그것으로 충분했다. 그것으로 그에게 이 보잘것없는 몽골의 일등병이 벌레가 아니라 철학적인 지성과 소중한 인격을 지닌 하나의 인간이라는 사실을 깨닫게 해주기에 충분했던 것이다. 그래서 그런지 그날 이후 그는 더 이상 나를 고문하거나 협박하지 않았다.

내가 군종으로서 정말 가슴 아팠던 경험은 그 후 우리 부대에 삼청교육대가 수용되어 왔을 때였다. 머리를 박박 민 그들은 이십 대부터 육십 대까지로 구성되어 있었는데, 이미 가혹한 훈련을 받고 온 터라 다들 통나무처럼 얼이 쑥 빠져 있었다. 그들은 철조망이 두 겹으로 쳐져 있는 조금 떨어진 막사에 수용되었고, 24시간 총을 든 보초가 지키고 있었다. 아침에 작업을 나갔다 저녁이 되어서야 삽을 메고 부대로 다시 들어오는, 그야말로 솔제니친의 소설 『이반 데니소비치의 하루』에 나오는 것과 같은 고된 노동이 매일같이 반복되는 생활이었다.

그들은 여름에 수용되었는데 계절이 바뀌어 겨울이 되었고, 크리스마스를 맞이하게 되었다. 크리스마스라지만 전방 어느 골짜기 구석에 박혀 있는 부대라 찾아오는 사람이라곤 개미 새끼 하나 없었다. 그러나 명색이 군종인 터라 크리스마스를 그냥 보낼 수도 없고 하여, 나는 고민 끝에 다른 신자 병사들과 의논하여 각자의 주머니를 털어 약간의 빵과 커피를 장만한 다음 그들의 막사로 찾아갔다. 그날만큼은 주번사령도 눈감아주는 눈치였다.

나의 초기 단편소설 「별」에 그때의 상황이 묘사되어 있는데 잠깐 인용하자면 이렇다.

……이미 연락을 받았는지 어둑어둑한 막사 안 양쪽 침상에 2열로 삼청교육대생들이 뻣뻣하게 차렷 자세로 앉아 있었다. 그들의 옆 관물대에는 군대에서 나누어준 옷과 식기, 담요들이 칼로 다듬어놓은 듯이 정돈되어 있었다. 머리를 빡빡 민 목석 같은 표정을 한

그들을 대하는 순간, 나는 내가 잘못 왔다는 생각이 언뜻 후회처럼 들었다. 그러나 이미 엎질러진 물이었다. 가져간 빵과 커피가 든 주전자를 침상에 내려놓으며 나는 숨을 크게 한번 들이쉬었다. 가슴이 여지없이 뛰고 있었다.

먼저 함께 찬송가를 하나 부른 다음, 나는 드디어 대대 군종으로서 어쩔 수 없이 이 세상에 태어나서 처음으로, 설교를 하기 위해 그들 앞에 섰다. 보안사령관 앞에서도 떨리지 않았던 다리가 후들후들 떨리고 등에서는 진땀이 흘러내렸다. 나는 더듬거리며 사랑에 대해 말했다. 누군가를 사랑하면 그 사랑하는 만큼의 고통을 지고 가야 한다는 내용이었다. 한 여자를 사랑하면 한 여자를 사랑하는 만큼, 한 나라를 사랑하면 그 나라를 사랑하는 만큼, 그리고 전 인류를 사랑하면 그 인류를 사랑하는 만큼의 고통을 짊어지고 가야 한다. 고통이 없는 사랑은 그저 흉내일 뿐이다. 십자가의 사랑은 십자가라는 정말 상상을 초월한 고통을 전제로 하지 않으면 안 되는 것이다. 예수라는 존재. 그이의 사랑을 이해하기 위해서는 먼저 그이의 고통을 이해하지 않으면 안 되는 것이다. 나는 여러분들이 이런 고통을 당하는 것도 모두 사랑 때문이라고 생각한다. 나 역시 피치 못할 사정으로 감옥까지 갔다 온 인간이지만 누구도 원망하지 않는다. 다만 내가 이 나라와 민주주의를 사랑했던 까닭뿐이었고 그만큼의 고통을 지고 살아갈 뿐이다. 그러나 이곳에서 여러분을 보니 나보다 어쩌면 여러분들이 더 사랑하는 게 많았을지 모른다는 생각을 하게 된다. 오늘은 크리스마스. 사랑의 날이다. 오늘은 다만 따뜻했던 기억을 떠올리며 자신이 사랑했던 것에 대해서만 생각하

군종 사병

자……

대략 그런 내용으로 두서 없이, 참으로 어눌하게, 설교란 것을 했다. 온몸은 땀으로 젖었고, 다리가 휘청거렸다. 그러고는 함께 내가 제일 좋아하는, 감옥에서 많이 불렀던 찬송가를 같이 불렀다. "주여, 지난밤 내 꿈에 뵈었으니, 그 꿈 이루어주옵소서. 밤과 아침에 계시로 보여주사 내게 희망을 주옵소서……"라는 찬송과 "주 예수보다도 귀한 분은 없네. 이 세상 명예와 바꿀 수 없네……"라는 찬송이었다.

그 노래를 부르면 지금도 나는 너무나 가난했던 감옥의 풍경과 소중한 열정으로 살아가던 내 청춘의 모습이 떠올라 나도 모르게 목이 메곤 한다.

그날도 그들과 함께 그 노래를 부르며 나도 모르게 눈가를 훔치지 않을 수가 없었다. 노래를 부르는 동안 사람들의 표정도 조금씩 누그러지는 모습이었다. 빵과 커피를 나누어줄 때는 고맙다는 말과 함께 악수를 청하는 사람도 있었다. 어떤 나이 든 사람의 눈에는 물기가 젖어 있었다. 그것이 내가 군종으로서, 아니 지금까지 살아오면서 했던 처음이자 마지막 설교였다. 그리고 이제 다시 그런 기회는 오지 않을 것이다.

고백하자면 나는 지금도 진정한 신앙인이 아니다. 일요일마다

군종 사병

아내를 따라 교회를 찾아가는 것도 건성일 뿐이고, 즐거울 때나 괴로울 때나 기도부터 하는 것도 아니다. 철학적으로 보자면 교회에서 파문을 당한 스피노자에 더 가깝다. 그는 하느님이 천상에 인격적으로 존재하는 것이 아니라 사물의 근저에 내재하고(substance로서) 있다고 했던 것이다. 그를 아끼던 늙은 랍비들이 마지막까지 그를 설득했지만 그는 자신의 양심에 따라 끝내 파문을 선택했다. 그리고 그는 평생 혼자 외롭게 렌즈를 갈아 생계를 유지하며 저 난해하기 짝이 없는 불멸의 저서 『에티카』를 저술했다.

　자본주의의 발달과 함께 오늘날 교회는 급속히 세속화의 길을 걸어가고 있고, 타락할 대로 타락하였다. 더 이상 교회는 거룩한 이가 머무는 기도의 장소가 아니라 속물적인 거래를 위한 장사꾼들의 사교장으로 변해가고 타락한 목회자는 현실의 권력자와 친구가 되거나 권력자 그 자체가 된 지 오래이다. 세속적인, 너무나 세속적인 오늘날의 교회를 볼 때마다 나같이 문밖에서 서성이는 자는 마음이 아프다.

　인간의 육신으로 오신 예수님은 세리와 죄인과 고아와 과부들, 가난한 자들의 벗이었다. 먼지 묻은 남루한 옷을 걸치고 갈릴리 언덕에 앉아 '마음이 가난한 자여 복이 있나니……'로 시작하는 산상수훈의 가르침은 그래서 더할 수 없는 축복과 위안이 되어 우리를 감동케 하는 것이다.

　이제 하느님의 것은 다시 하느님께 돌려주어야 할 때가 온 것

군종 사병

같다. 무엇이 하느님의 것이고 무엇이 하느님의 것이 아닐까. 대답은 간단하다. 거룩한 것은 모두 하느님의 것이다. 역으로 거룩하지 않는 것은 어떤 명분과 어떤 이름을 달고 나오든, 어떤 종교의 형태를 하고 있든, 하느님의 것이 아니다. 여기서 하느님의 것이 아니다, 라고 하여 하느님의 것에 하느님 것이 아닌 게 종속되지 않는다는 말이 아니다.

예수님이 '하느님 것은 하느님께, 가이사 것은 가이사에게'라고 하신 말씀은 그저 간특한 모략꾼들에게 던졌던 수사일 뿐이다. 처음부터 하느님 것과 가이사의 것은 따로 구분되지 않는다. 가이사의 것 역시 하느님이 주권을 가지지만 가이사의 것이 하느님으로부터 따로 주권을 부여받은 것은 아니기 때문이다. 원래 가이사의 것이란 존재할 수가 없는 것이다. 어떻게 유한한 것과 무한한 것이 동등하게 있을 수가 있겠는가!

어쨌거나 신앙인으로 보자면 나는 지금도 문밖에 서성이는 자에 불과하다. 그런 내가 한때 군종 사병을 했다면 지금도 농담처럼 믿지 못하겠다는 표정을 짓는 사람들이 대부분일 것이다. 때때로 엉뚱한 사람에게 엉뚱한 사역을 맡겨지기도 하는 게 섭리인지도 모른다.

소금 논쟁

말다툼 끝에 살인 난다는 말이 있다. 인류 역사상 전쟁으로 죽은 사람 수보다 논쟁 때문에 죽은 사람의 수가 더 많을 거라고 한 어떤 철학자의 말도 있다. 농담 같은 이야기이긴 하지만 곰곰이 생각해보면 그럴 법하다는 생각이 들기도 한다. 사소한 일로 의견이 다른 사람끼리 서로 다투다가 끝내는 갈라서거나 사생결단까지 이르고야 마는 경우를 우리는 역사 속에서뿐만 아니라 현실 속에서 흔히 경험할 수 있기 때문이다.

오래전 벌어졌던 황 아무개 교수의 줄기세포 논란도 그런 것 중의 하나일 것이다. '황빠'와 '황까'로 속칭되던 지지파와 반대파의 갈등과 논쟁은 인터넷을 뜨겁게 달구다가 급기야 자살과 테러로까지 이어지는 비극을 연출하더니 몇 달에 걸친 검찰의 조사 결과가 발표되면서 비로소 가라앉기 시작했던 일도 그런 예일 것이다.

내가 아는 어떤 사람은 친구와 버스 노선에 관한 이야기로 술자리에서 다투다가 나중에는 주먹다짐까지 벌어진 일도 있었다. 무슨 번호의 버스가 장미원을 거쳐 수유리로 가는가, 아니면 도봉구청 쪽을 돌아서 수유리로 가는가 하는 너무나 사소한 문제 때문에 언쟁을 하다가 종래에는 서로에게 가지고 있던 평소의 감정까지 겹쳐지는 바람에 끝내 돌이킬 수 없는 관계가 되어버리고 말았던 것이다.

내게도 그런 추억이 있다. 고등학교 시절 이야기다. 어느 날 단짝인 이 아무개와 나는 학교 수업을 땡땡이치고 경주로 놀러 갔다. 대구에서 경주까지는 그리 멀지 않은 터라 어떻게 버스를 타고 가긴 했지만 주머니가 워낙 가벼웠던 터라 밥도 변변히 먹지 못하고 돌아다니다가 빵 하나씩을 사들고 첨성대 아래에 쭈그리고 앉아 쉬고 있었다. 당시만 해도 첨성대 부근은 철책만 하나 쳐져 있을 뿐 인가도 드물어서 썰렁하기 짝이 없었다.

늦여름이었던가. 햇빛에 말라가는 풀이 진한 향기를 뿜고 있는데 풀벌레 소리만 처량하게 울려 퍼지고 있었다. 그런데 그때 불쑥 그 친구가 첨성대 안에 들어가면 낮에도 별을 볼 수 있다는 이야기를 했다.

"말도 안 되는 소리 하지 마."

처음엔 나는 그의 말 같잖은 소리를 가볍게 넘겼다. 그런데 그 친구는 아주 진지한 목소리로 물상 시간에 선생으로부터 분명히 들었다는 것이다. 말하자면 빛의 차단 효과에 의해 자신의 머리 꼭대기 똑바로 위에 있는 별이 보인다는 것이다. 그리고 그런 관측은 첨성대뿐만 아니라 깊은 우물 속 같은 곳에서도 가능하다는 것이었다.

이쯤 되자 열이 오르지 않을 수가 없었다. 제아무리 첨성대라 해봐야 겨우 십여 미터가 될까 말까 한 높이의 돌로 쌓은 조형물에 지나지 않는데 그 속에 들어가면 낮에도 하늘의 별을 볼 수 있다니 말이 될 법한 말인가!

그래도 내 친구 이 아무개의 고집은 전혀 꺾일 기색이 없었다. 그로 말하자면 전교에서도 일이등을 다투는 모범생이었고 수재였다. 그는 물상 선생에게 분명히 들었다는 근거와 함께 공기 중에 산란된 빛이 차단되고 나면 수직으로 똑바로 머리 위에 있는 우주의 별이 관측될 수 있는 가능성이 충분히 있다는 의견을 굽히지 않았던 것이다.

아무도 없는 텅 빈 오후의 경주 첨성대 앞에서 우리는 얼굴이 벌겋게 되어 그야말로 목이 쉬도록 싸웠다. 그러다가 드디어 그 속으로 함께 들어가보기로 했다. 직접 확인을 하여 자신의 말을 증명해 보인다면 판가름이 날 것이기 때문이다.

높이가 십여 미터나 되는 첨성대는 도저히 위로는 들어가는 것이 불가능했지만 주지하다시피 첨성대의 미끈한 허리 부분에 작은 구멍이 하나 있다. 잘하면 그 구멍으로는 들어갈 수도 있을 것 같

군종 사병

앉다. 주변을 헤매고 돌아다니다가 마침 부서진 사다리와 새끼줄 같은 것을 구할 수가 있었다. 우리는 그 사다리를 첨성대에 기대놓고 차례로 올라가기로 했다. 다소 무모하긴 했지만 우리는 둘 다 너무나 논쟁에 열이 달아 있었기 때문에 그렇게 해서라도 자신의 주장이 옳다는 것을 보여주고 싶었던 것이다.

그러나 이 무모하기 짝이 없는 모험은 사다리를 반도 채 올라가기 전에 마침 주변을 지나가던 할아버지에게 들켜 '다행히' 끝이 나고 말았다. 우리를 도굴꾼 정도로 알았는지 할아버지는 호통 소리와 함께 지게 작대기를 사정없이 휘둘러 우리를 쫓아내고 말았던 것이다.

우리는 다음 날 학교로 가는 즉시 물상 선생을 찾아가 그 가설의 진위에 대해 물었고, 물상 선생은 모호한 미소와 함께,

"그게 그러니까…… 이론상으로 그렇다는 거지, 뭐. 아주, 아주, 깊은 우물이라면 가능하지 않겠는가 하는 말이지, 뭐." 하고 얼버무리는 것이었다.

하여간 '첨성대 사건'은 그것으로 일단 종결되었다. 만일 그때 지나가는 할아버지에 들키지 않고 그 속으로 들어갔다면 어떻게 되었을까. 핸드폰도 없던 시절 그 속에서 나오지도 못하고 꼼짝없이 천재일우, 지나가는 누군가의 구조를 기다리는 길밖에 없었을 것이다. 생각만 해도 아찔해진다.

하지만 그런 일 같은 경우에는 조금 참고 기다리면 시간이 흐름에 따라 자연히 어느 쪽이 옳았는가가 판가름 날 수 있는 일이다. 그러나 보다 복잡한 문제들, 이를테면 우주나 생명의 탄생이 과연 누군가의 지적 설계나 창조에 의한 것인가, 아니면 우연에 의한 것인가라든가, 인격적인 신은 과연 존재하는가 존재하지 않는가, 인간은 원래 선한 존재인가 악한 존재인가 하는 등의 문제에 부딪히면 도무지 결론이 나지 않는 법이다. 그런 논쟁에 휩쓸리게 되면 끝이 보이지 않게 이어지게 마련이다.

나같이 철학과를 다닌 사람들은 대부분 그런 쓰라린 경험이 있을 것이다. 그런 경우에는 대부분 진실이나 합의를 찾아가는 처음의 진지한 노력 대신 끝에 가서는 결국 오로지 상대방을 일격에 때려눕히기 위한 정교한 논리와 악의에 찬 열정만이 자리 잡게 될 뿐이다. 어처구니없는 논쟁은 때론 어처구니없는 증오심을 불러일으키기까지 한다.

안양교도소에 있을 때 우리 사이에 벌어졌던 이른바 '소금 논쟁'이 바로 그런 것이었다.

황 아무개 교수의 줄기세포 논쟁만큼이야 복잡하지는 않았지만 그래도 과학적인 사실을 두고 벌어졌던 일대 논쟁이었다. 감옥처럼 폐쇄된 공간에서는 그것을 증명해줄 객관적인 자료가 없었기 때문에 한 번 논쟁이 벌어지면 끝도 없이 평행선으로 달려가기 일쑤이다. 그리고 그 논쟁 때문에 적지 않은 친구들이 깊은 상처를 입게 마련이었다.

논쟁의 시작이 늘 그렇듯 처음엔 그저 두 친구 사이에서 사소하게 벌어졌던 이야기였다.

"야, 소금이 왜 짠지 알아?"

"그야 염화나트륨 분자가 원래 짠 거잖아."

"바보, 그게 아니거든. 그건 염소와 나트륨이 물에 녹아 이온화되면서 그렇게 된 거라구."

"말도 안 돼. 이온이 무슨 성질이 있나? 분자라면 모를까."

그렇게 재미 삼아 시작된 이야기였다. 그런데 당시 안양교도소에는 대학을 다니다 '대통령 긴급조치' 위반으로 들어온 사람들이 대략 열두어 명 정도 있었는데, 상한 음식 때문에 발생한 소내 투쟁으로 모두 큰 방 하나에 수용되어 살고 있었다. 밥을 먹고 나면 각자 작은 상자를 책상 삼아 벽을 등지고 빙 둘러앉아 책을 보고 있었다. 그러니까 두 사람의 작은 이야기도 귀에 다 들릴 수밖에 없었다. 더구나 오랜 수용 생활로 다들 신경이 예민해 있던 터였다.

그 사소한 이야기는 금세 논쟁으로 번졌고, 그 논쟁은 점차 둘을 넘어 다른 친구들에게로 불이 붙듯 전이되어 마침내 방 안에 있던 다른 모든 친구들까지 자신이 원하든 원치 않든 이 논쟁의 불길 속으로 끌어놓고야 말았다.

주지하다시피 바닷물이 짠 이유는 바닷물 속에 엄청나게 녹

소금 논쟁

아 있는 소금 때문이다. 그리고 그 소금을 화학 공식으로 풀자면 NaCl, 곧 염화나트륨이라는 사실을 대한민국에서 중학교 정도까지만 나온 사람이라면 모르는 이가 아무도 없을 것이다. 그런데 문제는 그다음이었다. 소금의 짠맛이 NaCl, 즉 염화나트륨 분자 때문인지 아니면 Na+ Cl-로 이온화된 때문인지를 놓고 완전히 두 패로 나뉜 것이었다. 더구나 그 방에는 불행인지 다행인지 자연과학을 전공한 친구가 한 명도 없었다. (설사 있었다 하더라도 그가 얼마나 큰 중재 역할을 할 수 있었을 것인지는 의문이었지만.)

젊은이 특유의 열성과 지칠 줄 모르는 승부욕이 모두의 가슴에 불을 질렀다. 그리하여 너 나 할 것 없이 (거의가 고등학교 시절, 저마다 공부로는 한 가닥씩 했다는 국립대 학생들이었으니까.) 자신이 지금껏 알고 있던 지식을 총동원하여 상대방을 설득하고 공격하기 시작했다.

문제는 그곳이 감옥이라는, 닫혀 있는 공간이라는 데 있었다. 하루 24시간을 서로 뻔히 쳐다보며 누가 방귀를 뀌었는지 무슨 생각을 하는지 훤히 꿰고 있으니 극도로 서로에게 예민해 있던 터였다. 처음에는 논리적 방식으로 상대를 대하던 것이 차츰 감정 싸움으로 번져 급기야 온갖 꾀와 술수까지 다 부리게 되었던 것이다.

말하자면 넌 너무 단순해서 탈이야라든가, 넌 성격이 너무 급해, 남의 말을 이해하는 능력이 결여되었어, 하는 식의 인신공격을 서슴지 않게 되었고 때로는 냉소와 야유까지 동원하게 되었다.

군종 사병

NaCl 분자가 짠맛을 가진다는 친구들은, 그중에 나도 포함되어 있었지만, 일반적으로 소금은 짠 성질을 가지고 있다고 하는데 '소금'의 화학적 원소에 의한 표현 방식이 바로 NaCl이다. 역으로 말하자면 짠 성질을 지닌 물질인 NaCl을 가리켜 우리는 '소금'이라고 하는 것이다. 만일 Na+, Cl- 등의 이온이 짜다면 우리는 분명히 '나트륨 이온'은 짜다든가, 아니면 '염소 이온'은 짜다고 했을 것이다. 그러므로 짠 것은 Na+나 Cl-가 아닌 NaCl 즉 소금 분자이다, 라는 주장을 폈다.

얼마나 그럴듯한 논리인가.

하지만 Na+ Cl-가 짜다는 친구들의 의견은 달랐다. 소금, 즉 염화나트륨은 물에 들어가는 즉시 Na+와 Cl-로 분해된다. 초등학교 시절 이미 전기 실험에서도 본 것이 아닌가. 우리가 짜다고 느끼는 것은 이 분해된 Na+ Cl- 이온이 혀에 어떤 자극을 가하기 때문이다. 그러니까 소금 덩어리, 즉 NaCl 그 자체는 아무 맛도 없고 성질도 없는 것이다, 라는 주장이었다.

한 치의 양보도 없는 논쟁은 몇 날 며칠을 두고 이어졌다. 두 패로 나뉜 사람의 머릿수도 약속이나 한 듯이 똑같았다. 어떤 경우에는 하룻밤 사이에 자신의 의견을 정반대로 바꾸는 경우도 있었지만 그럼에도 불구하고 어느 한쪽으로 기우는 일은 결코 없었다.

이런 애매모호하고 쓸모없기까지 한 논쟁이 지니고 있는 치명적인 약점은, 황 아무개 교수의 사건에서도 나타나듯이, 인간의 가

습속에 묻혀 있는 무지와 편견을 없애주기는커녕 오히려 키워준다는 것이다. 그까짓 버스 노선 때문에 끝내 주먹다짐으로까지 번지는 이해할 수 없는 행동이 벌어지는 것도 그런 이유 때문이다. 어느 순간부터 논쟁에 참가한 모든 사람들의 관심은 오로지 이겨야 한다는 맹목적 의지에 의해 지배된다. 사람들의 행동 방식도 그에 따라 다양하게 드러나게 마련이다.

어떤 친구는 엄청난 인내심을 발휘하여 상대방에게 설득 작전을 펴기도 했다.

"얘, 글쎄 그게 말이야. 내가 말이지, 간밤에 곰곰이 생각해보고 생각해봤는데, 아무래도 염화나트륨이 짠 게 맞을 것 같애. 너두 생각해봐. 이온화가 된 다음에 짜다 어떻다고 한다면 처음부터 소금이라는 말은 없어져야 하지 않겠니. 안 그런가? 그리고 나트륨 이온이 짜거나 염소 이온이 짜다면, 아니 이 세상에 소금만 짜라는 법이 어디 있겠나? 안 그런가?"

그러나 그런 소리를 듣는 친구가 가만 있을 리가 없다.

"나더러 설득하려고 하지 마. 아무리 자기가 곰곰이 생각해봤다 하더라도 진리는 변하지 않아. 소금을 혀에 갖다 대서 짠 것은 소금 덩어리가 혀에 닿는 순간 침에 녹아 나트륨 이온과 염소 이온으로 이미 전이되었기 때문이야. 그게 엄연한 과학적 진리이지. 과학적 진리는 결코 그따위 의지에 따라 바뀌지 않아"

"과학, 과학 하지 마. 너만 과학이니?"

군종 사병

성질 급한 누군가가 옆에서 쏘아붙인다.

"정말 답답하군. 답답해! 물에 용해되지 않는 소금은 소금이 아니라구! 그냥 돌멩이 같은 것일 뿐이지! 아무 맛도 없는…… 알겠니, 바보야!"

"답답한 건 너야! 바닷물이 짠 건 소금 때문이고, 짠 바닷물이란 게 애초에 없었어. 그러니까 용해되기 전의 상태로 있는 소금이야말로 짠 것의 본질이 아니고 뭐겠니?"

"말도 안 되는 소리……! 그만두자!"

"그래, 인정하고 싶지 않으면 그렇다고 말해. 나도 더 이상 말하기 싫으니까. 그만두자."

말하기 싫다 했지만 논쟁은 결코 그대로 멈추어지지 않는 법이다.

잠자코 며칠이 흐르는가 하다가도 누군가 또다시 슬그머니 자신이 생각해낸 새로운 사실을 들고 나온다. 그러면 잠시 사람들의 가슴속에 불씨처럼 남아 있던 근질거리는 열정들이 다시 에너지를 얻어 터져나오게 마련이다. 그리고 다시 논쟁은 시작되었다.

미움과 증오는 멸시와 경멸로 이어지게 마련이다.

예민한 친구들은 이런 일로 작지 않은 상처를 입는 법이다. 박 아무개 군은 서울대 사회학과를 다니다 온 친구였는데 학구적이며 진지한 성격의 그는 특히 이 논쟁으로 무척 상처를 많이 받은 사람 중의 하나였다. 어느 날 잠자리에서 아주 조용하게, 그러나 누구나

다 들을 수 있는 크기로, 그는 자기 옆에서 자는 친구에게 비통한 어조로 고백처럼 말하는 것이었다.

"이 세상엔 두 종류의 사람이 있어. 하나는 아주 비열한 부류의 사람이고 또 다른 한쪽은 고상한 부류의 사람이지. 비열한 부류의 인간들은 결코 남의 말을 듣지 않아. 이게 바로 내가 논쟁을 하면서 비로소 깨달은 거야."

그가 말하는 이른바 비열한 부류에 속한 사람들이 그 방에 있던 누구누구를 지칭하는 것인지를 모르는 사람은 아무도 없었다. 그 지칭 받은 사람들은 모두 어둠 속에서 실소를 터뜨렸다. 어쨌거나 우리들의 마음은 그것 때문에 천 갈래 만 갈래 갈라졌고, 유신독재에 맞서 싸워왔던 동지적 사랑은 물론 서로를 존중하거나 존경하는 마음마저도 사라져버렸다.

이 지루하고 소모적인 논쟁은 거의 두 달을 끌었다.

그리고 마침내 두 달 뒤, 우리 중의 한 친구가 만기 출소를 하게 되었다.

우리는 그 친구에게 나가자마자 백과사전을 찾아서 이 문제에 대한 해답을 꼭 엽서에 써서 보내달라고 간곡히 부탁을 하였다. 약속대로 그 친구는 남아 있는 친구들을 위해 정말 나가자마자 맨 먼저 도서관을 찾아가 백과사전을 뒤져보고 나서 그 해답을, 마치 어마어마한 비밀을 밝혀주는 암호나 되는 것처럼 또박또박 엽서에

군종 사병

적어 보내주었던 것이다.

엽서의 내용은 정말 간단하기 짝이 없었다.

'사랑하는 친구들! 소금이 짠 것은 $Na+$ 이온 $Cl-$ 이온으로 용해 되었기 때문이네. 말하자면 나트륨 이온이 짠 성질을 지닌 것이라 네. 더 이상 싸우지 말고 잘 지내시게나.'

그것으로 우리의 그 길고 길었던 논쟁도 막을 내렸다. 이긴 자 나 진 자나 한동안 말이 없었다. 그 누구도 그 친구의 엽서 내용을 의심하지 않았던 것은 그 친구 역시 $NaCl$ 분자가 짠맛을 낸다는 쪽에 서서 누구보다도 열렬하게 떠들었던 사람 중의 하나였기 때 문이다.

고추장과 단식

오래전이지만 안산에서 노동교회를 했던 김현수 목사는 나랑 동갑내기였다. 동갑내기로 한세상을 사노라니 생각하는 것이나 느끼는 것도 엇비슷했다. 박정희 유신독재 시절 신학대학을 다니다가 학내 시위로 감옥살이를 한 것이나 감옥을 나와 어려운 형편에 밥벌이 삼아 출판사를 다녔던 일도 나와 비슷했다.

80년대 초, 그와 나는 아무개 출판사에서 나란히 책상을 마주 놓고 근무한 적이 있었는데 나는 명색이 편집장이요 그는 그냥 평사원이었다. 우리는 그때 막 삼십 고개를 넘어가는 힘겨운 성장의 아픔을 함께 겪고 있었는데 가난하고 고민 많았던 그 시절, 그는 그런 와중에도 참으로 웃음이 많았던 사람이었다. 한껏 주름살이 지는 선한 미소를 지으며 우스갯소리를 늘어놓으면 배꼽을 잡지 않을 도리가 없었다.

그중에 하나가 고추장에 얽힌 이야기였다.

한번은 구치소에서 단식을 하는데, (당시엔 투쟁 수단이라고는 유일하게 단식밖에 없어 그랬는지 모르지만 툭하면 단식을 했다.) 어쨌든 단식을 시작하려면 일단 방 안에 있던 모든 먹을거리를 다른 재소자들에게 나누어주고 그래도 남은 건 변기통에 버려야 했다. 견물생심이라 일단 음식으로부터의 유혹을 최대한 떨쳐내야 했기 때문이다.

아직 형이 확정되지 않은 구치소 시절엔 법무부에서 정식으로 제공하는 음식 외에도 자기 돈으로 차입해서 사 먹을 수 있는 약간의 반찬거리가 있었는데, 그 대표적인 것이 바로 고추장과 마가린이었다. 특히 맛없는 콩밥과 하찮은 반찬으로 한 끼를 때우려면 고추장은 꼭 있어야 하는 필수품이나 다름없었다. 비닐봉지에 든 빨간 고추장은 그러니까 그곳에 살던 사람들에겐 최고의 입맛거리였던 셈이다.

단식을 시작하며 김 목사는, 당시는 목사가 아니라 신학생이었지만, 잠시 고민에 빠지지 않을 수가 없었다. 방에 있는 먹을거리란 먹을거리는 일단 모두 치워야겠는데 먹다 남은 고추장이 문제였다. 먹다 남은 것이라 누굴 줄 수도 없고, 그냥 두자니 그것도 음식이라 마음에 걸렸던 것이다. 그렇다고 개봉한 지 얼마 되지 않은 고추장을 생짜로 버리자니 그것 역시 할 짓이 아니라고 생각했던 것이다.

고민 끝에 김 목사는 그 고추장만은 방에다 그대로 두기로 했다. 어차피 단식이란 언젠가는 끝나게 마련이었고 그때 가면 또 고추장이 반드시 필요할 것이라 생각했기 때문이다. 그렇게 하고 일단 단식에 들어갔다.

단식을 해본 사람이라면 누구나 알 테지만 하루의 시간이란 게얼마나 긴지 모른다. 세끼 밥을 먹을 땐 금세 점심때가 되고 또 저녁때가 되지만 단식을 하고 있으면 시간이 엄청 흘렀을 것 같은데도 아직 그게 그것인 경우가 많다. 그런 데다 당국에서는 집요할정도로 단식을 깨기 위해 공작을 벌이는 것이다. 유혹도 하고 위협도 하고 때로는 폭력도 행사하는데 대개 그런 경우 마지막에는 당국의 힘에 의한 강제 급식으로 끝나게 마련이었다.

강제 급식이란 문자 그대로 참으로 야만적인 방식인데, 팔을 묶어놓고 나무틀로 강제로 입을 벌리게 한 다음 억지로 흰죽을 몇 숟갈 흘려 넣고 나서, "이제 그만 항복해. 넌 이미 버린 몸이야. 봐. 단식이라구? 너 죽 먹었잖아? 죽……? 맞지? 부정하진 못할 거야. 그러니까 이젠 단식했다고 밖에다 떠들 수도 없어. 그러니까 얌전하게 단식 풀어. 알겠지?" 하고 야비한 표정으로 말하는 것이었다.

그 느낌은 마치 세상에서 가장 비열한 인간에게 강간이라도 당한 것과 비슷할지 모르겠다. 강제 급식을 당하고 난 날은 정말 자기 자신조차 싫어져 죽고 싶은 마음이 들 정도였다.

하여간 그것은 나중 일이고 어쨌건 단식이란 철저하게 자기와의 싸움이다. 인간의 가장 원초적인 욕망과 마주하지 않으면 안 된

군종 사병

다. 겸손하고 부드러운 마음만이 자기를 지켜주는 유일한 힘인 것이다.

하루가 지나고 이틀이 지나면 정말 배가 고프다. 멀리 밥 끓는 냄새가 나는 것 같고, 먹고 싶은 음식이 마치 눈앞에 놓여 있는 것처럼 선명하게 그려지는 것이다. 나는 정말 시원한 열무 물김치가 먹고 싶었다. 시원하고 싱싱한 열무 물김치 한 그릇 우적우적 먹어봤으면…….

하지만 그럴수록 마음은 한없이 맑아지고 낮아지는 것을 느낄 수 있다. 욕망이 비워진 자리에 무언가 고귀한 것이 들어와 앉는 것 같은 느낌마저 드는 것이다.

아무튼 다시 김 목사의 이야기로 돌아가서…… 때는 겨울이었던가 보다.

길고 긴 겨울밤, 텅 빈 창자로 홀로 고요한 독방에 앉아 있으니 얼마나 심심했을 것인가. 책이라고 보고 있지만 눈에 제대로 들어올 리가 없다. 갇혀 있는 자에게 겨울밤만큼이나 길고 외롭고 처량한 때가 또 있을까.

고개를 들어보니 그때 구석에 놓인 비닐봉지가 눈에 들어왔다. 고추장…… 매콤 달콤한 고추장 봉지…… 생각만 해도 군침이 돌았다. 그 순간, 그의 표현에 의하면, 귓가에 악마의 소곤거림 같은 게 들려오는 듯했다고 한다.

"맛만 좀 봐. 누가 보는 사람도 없잖아. 그리고 고추장 맛 좀 봤

　　　　　　　　　　고추장과 단식

다고 단식이 깨어졌다고 말할 사람은 아무도 없어. 살짝. 조금만. 알았지?"

마음속에 폭풍우 같은 갈등이 일었다.

밤은 너무 길었고, 아직 잠자리에 들려면 한 시간여나 남아 있었다. 적요한 어둠은 사방을 감싸고 마른 창자는 무언가를 간절하게 갈구하고 있었다. 마침내 김 목사는 손을 뻗어 고추장 봉지를 들고는, 새끼손가락 끝으로 살짝 찍어 혀에다 대었다. 그러자 혀끝에 번지는 매콤 달콤한 고추장 맛……

그러고는 마치 도둑질하다 들킨 것처럼 얼른 제자리에 갖다 놓았다. 그러고 나서 시침을 떼고 다시 처음처럼 정좌를 하고 앉았지만 영 혀끝에 맴도는 그 맛을 잊을 수가 없더라는 것이었다.

"그래, 새끼손가락으로 맛 좀 봤다고 나무랄 사람은 없어. 양심에 어긋나는 일도 아니고. 에이, 한 번만 더 맛보자."

그래서 두 번째의 손가락을 찍었다.

세 번째는 어쨌을까. '이게 정말 마지막이다.'라고 굳게 다짐을 하고는 그놈의 새끼손가락을 또 찍고 말았던 것이다.

그렇게 시작된 고추장은 온갖 번민과 변명이 교차하는 가운데 이 세상의 모든 죄들이 그렇듯이 마침내 그것이 완전히 빌 때까지 진행되었다. 문제는 그다음이었다. 며칠 동안 텅 비어 있던 장 속에 고추장 한 통이 다 들어갔으니 불이 나는 것은 명약관화한 일이었다. 천둥 번개가 치고 우레 폭풍이 일었다.

군종 사병

불똥 맞은 사슴처럼 밤새 목이 말라 물을 찾았으나 물이 있을 턱이 없었다. 거기에다 먹은 것도 달리 없는데 설사까지 쏟아져 나오더라는 것이다. 그렇다고 당국에다 대고 단식 중인 놈이 고추장을 먹고 죽겠다고 하소연할 수도 없는 노릇이었다. 정말 이러다가 죽지, 하는 생각마저 들더라는 것이다.

그런 끝에 하는 말, 정말 선량하고 맑은 그이 특유의 미소와 함께, 정말 이 세상에 사람의 눈은 속일 수 있어도 하느님 앞에 죄짓고는 살 수 없다는 게 맞는 말이라는 것이었다. 우리는 모두 그 이야기를 들으며 배꼽을 잡고 웃었지만 웃음 끝에 왠지 명치끝이 찡해져오는 여운은 어쩔 수가 없었다.

고추장에 얽힌 단식 이야기가 나왔으니 이왕에 내가 겪었던 약간은 부끄럽고 치명적인 이야기를 하지 않을 수가 없다. 역시 안양교도소에 있을 때였다.

구치소와는 달리 기결수를 수용하는 교도소에서는 일체의 사식 차입이 금지되어 그야말로 당국에서 제공하는 음식 외에는 아무것도 먹을 수가 없었다. 밥이라 해봐야 늘 똑같은 콩밥에 반찬은 시어터진 김치와 오경찬이라는 정체불명의 짠지 몇 개가 전부였다. 다들 한창나이였던 때라 늘 굶주렸고, 또 늘 무언가가 먹고 싶었다.

그런데 어느 날 점심때, 무슨 바람이 불었던지 특식으로 고추장

고추장과 단식

이 나왔던 것이다.

　그때 안양교도소에는 '대통령 긴급조치' 위반으로 들어와 있던 학생들이 십여 명 수용되어 살고 있었는데, 처음에는 독방에 수용되어 있다가 일 년여가 지나서부터는 모두 한 방에 수용되었다. 그래서 식사 때가 되면 공동 배식으로 함께 둘러앉아 식사를 할 수 있었다.

　일 학년생이 문에서 가장 가까운 곳에 앉고 다음에 이 학년, 삼 학년…… 하는 식으로 차례로 앉아 일 학년들이 먼저 배식을 하고 다음에 남은 음식을 안으로 돌리면 이 학년이 자기 먹을 양만큼 배식을 하고 다시 뒤로 돌리는 식이었다.

　나중에 배우 겸 영화감독이 된 여균동 군 등은 당시 일 학년생으로 들어왔기 때문에 맨 앞에서 배식을 하였고, 다음엔 나중에 목사가 된 연세대 신학생 김거성 군 등이 하고 맨 나중에 사 학년이었던 나를 비롯하여 나와 공범이었던 미학과의 김태경 군, 서강대 유재현 군 등이 남은 것으로 자기 몫의 식사를 하였다. 그래도 항상 밥과 반찬이 남는 터여서 먼저 하나 나중 하나 별 불만이 없었다.

　그런데 바로 그날, 고추장이 나왔던 날은 달랐다. 양은 밥통에 담겨 나온 벌겋게 잘 익은 고추장을 보자 오래간만에 모두 입맛이 돌았던 것이다. 그중에 나는 특히 그 고추장이 너무 먹고 싶어서 나도 모르게 침을 꿀꺽 삼키고 있었다. 하지만 고추장이라고 나온

군종 사병

양이 너무나 적어서 각기 한 숟가락씩 배식을 하고 나서 우리 사학년에게로 그릇이 넘어왔을 땐 바닥에 남아 있는 것이라곤 고추장이 담겨 있었다는 표시로 붉은 빛깔 하나뿐이었다.

남보다 식탐이 심한 데다 오랜만에 매운 고추장에 한 그릇 비벼서 먹을 기대로 잔뜩 기다리고 있던 나는, 나도 모르게 터져 나오는 분노를 견딜 수가 없었다.

"야, 늬들! 정말 이럴 수가 있어? 조금씩이라도 같이 맛을 봐야지, 이거 너무한 거 아니야?"

지금 들으면 참으로 치사한 말이었지만 그땐 정말 화가 났었다. 나의 불평에 다들 어색한 분위기가 되었다. 치사하긴 했지만 틀린 말은 아니었기 때문이다. 그때 일 년 아래 후배인 김부겸 군(나중에 국회의원도 되고 국무총리도 지낸)이 후배들을 대신해 짐짓 한마디 받았다.

"근데 형. 왜 화까지 내고 그러시우? 평소에 형 그래 보지 않았는데 정말 실망입니다. 여기 우리가 먹으러 들어온 것도 아니잖수."

순간, 나는 무언가 뒤통수를 한 대 세차게 맞은 느낌이었다. 짧았지만 그 한마디는 정말 내게 치명적인 일침이었던 셈이다. 나는 심한 모욕감과 수치심을 동시에 느꼈다.

아아, 겨우 그놈의 고추장 한 숟가락을 가지고 쩨쩨하게 불평을 늘어놓았다가 저런 말까지 듣게 되었다니! 얼마나 용렬하고 치사한 놈인가, 나는……!

고추장과 단식

먹는 둥 마는 둥 식사를 끝내고 나자, 나는 나의 행동을 과도하게 괴로워하다가 마침내 깊은 반성의 뜻으로 일주일간 단식을 선언하였다. 너무나 느닷없고 준비 없는 단식 선언이었다. 그때까지 여러 번 투쟁과 항의차 단식을 하긴 했지만 이렇게 무작정, 개인적인 이유로 단식을 하기는 처음이었다. 후배들이 말렸지만 나의 결심을 바꾸지는 못했다.

지금 생각하면 정말 무모하고도 위험한 단식이었다. 더구나 그때는 이미 일 년 반여 감옥살이를 한 끝이라 몸 상태가 말이 아니었다. 그러나 일단 결심을 세운 터라 누가 말리건 말건 다른 사람들이 식사를 하는 동안 나는 옆에 조용히 앉아 책을 읽거나 좁은 방 안을 혼자 거닐거나 하며 지냈다. 지금 생각하면 어리석기 짝이 없는 결심이었고, 위험하기 짝이 없는 행동이었지만 그때는 그런 일에도 모든 것을 다 걸 만큼 진지하였던 것이다.

생각하면 단식이란 참으로 유서 깊은 항의 방식이자 치명적이기도 하고 근본적이기도 한 자기 성찰 행위이다. 그리고 단식하면 뭐니 뭐니 해도 간디를 따라갈 사람은 없을 것이다. 간디는 단식을 통해 단지 자신의 주장을 비폭력적으로 관철하였을 뿐만 아니라, 진리를 추구하는 일(샤티하그라하)까지 수행하였던 것이다. 밥을 먹지 않는다, 는 것은 단지 밥을 먹지 않는다는 행위에 그치는 것이 아니라 모든 세상의 욕망으로부터 자신을 격리시키는 것을 의미한다. 심지어는 자신의 주의 주장에서마저 떠나야 할 때도 있다. 생

군종 사병

명의 가느다란 선만이 낮은 숨소리와 함께 깊은 의식의 밑바닥으로 인도할 뿐인 것이다.

사실 단식을 하는 동안 누구나 깨닫게 되는 한 가지는 이 세상에 부러워할 것도, 두려워할 것도 없게 된다는 사실일 것이다. 입으로 들어가는 것이 없으니 비굴해져야 할 것도 없고 탐심을 부려야 할 것도 없다. 삼사 일이 지나면 모든 것이 투명해져서 자신의 마음이 움직이는 것도 보인다. 그동안 들으면서도 듣지 않았던 소리가 들리고, 그동안 보면서도 보지 않았던 것이 보이며, 그동안 맡으면서도 맡지 않았던 세상의 냄새도 코끝을 스친다. 그와 동시에 밥이란 게 얼마나 소중한 것인지를 깨닫는 것도 이때이다. 한 숟가락의 밥을 천천히 씹어서 먹어보라. 마치 생명의 기운이 이동을 하여 내 몸 세포 하나하나로 스며드는 것을 느낄 것이다.

하여간 일주일간의 무지무지하게 힘든 단식은 이렇게 하여 이루어졌다. 지금 생각해도 참으로 어처구니없는 계기로, 어처구니없게 행해진 단식이었다. 단식이 끝나고 나자 숟가락 하나도 제대로 들 수 없을 정도로 몸이 약해져 있었다.

사실 그것은 진정한 의미의 단식이 아니라 그냥 굶었던 것에 불과했던 것이다!

그나저나 요즘도 고추장만 보면 그놈의 고추장 때문에 고생했던 일과 함께 김현수 목사 생각이 나서 혼자 빙그레 웃곤 한다. 출판사에 다니던 언젠가 여름, 역곡 부근 그의 단칸 신혼집에서 함께 식사를 나누던 일이 떠오른다. (선한 목자인 그이에게 하느님의 한량없는 은총이 있기를!)

오랫동안 보지 못했지만 바람결에 묻어 오는 그의 소식은 늘 아름답기만 하다. 오갈 데 없는 공단 지역 청소년들을 거두어 자신의 가난한 교회에서 먹여주고 재워주는 목자의 소임을 다하고 있다는 것이었다. 아마 그이라면 그럴 것이다.

주름살 많은 그의 선량한 미소 위에도 얼마만큼의 세월이 지나갔을까. 어느 길목에선가 우리 다시 만나면 어디 근처 비빔밥 집에라도 들어가서 둘이서 흠뻑 고추장을 풀어 비벼놓고 먹으며 그때의 이야기를 다시 한번 들어볼 수가 있을까.

군종 사병

내 사랑 딜라일라

이십여 년 전쯤 어느 날, 집으로 가던 전철에서 우연히 대학 시절의 여자 친구를 만났다. 매우 당황스럽고 어색한 만남이었다. 그러나 한편, 겨울날에 피어난 꽃처럼 상큼한 만남이기도 했다.

그녀의 학교 적 별명은 딜라일라였다. 조영남의 〈불 꺼진 창〉의 원곡인 〈딜라일라〉를 그녀만큼 잘 부를 수 있는 사람은 아마도 내 기억에는 다시없을 것이다. 특히 소주 한 잔을 걸쳤다 하면 눈물 콧물을 다 쥐어짜며 남이야 뭐라 하건 목청이 찢어져라고 불러재끼는 그녀의 〈딜라일라〉는 가히 천하일품이었던 것이다.

보기에 따라서는 다 큰 처자가 남의 시선이나 귀를 의식하지 않고 가히 듣기 좋지 않은 목소리로 눈물 콧물을 질질 짜며 커다랗게, 딴에는 열창이라고 빽빽거리는 그 꼴이 가관으로 보일 수도 있었겠지만 나름대로 그녀의 순수한 마음을 이해하는 친구들은 쩝쩝 입맛을 다시면서 그렇거니, 하고 들어주었다. 그도 그럴 것이 그녀가 〈딜라일라〉를 부를 즈음에는 대개 술판이 끝나갈 무렵이었기 때문이다.

그녀와 나는 같은 서클의 동기였다. 대학연합서클인 '모모회'는 이러저러한 갈 데 없는 청춘들의 집합처였다. 이런저런 이념 서클도 많았지만 '모모회'는 그런 데와는 거리가 멀었다. 내가 그곳 서클에 들어간 것이나 그곳에서 딜라일라를 만난 것은 정말 어떤 유행가 가사처럼 우연이 아니었을까. 아니, 틀림없이 우연이었을 것이다. 왜냐하면 나는 그런 딜라일라를 조금도 좋아하지 않았기 때문이다. 그렇다고 하여 딜라일라의 외모가 그렇게 보기 싫으냐 하면 꼭 그렇지만은 않았다.

그렇게 두드러지게 예쁘달 수는 없었지만 처음 보는 사람이라면 힐끗 한 번쯤 더 쳐다볼 만도 한 귀여운 얼굴이었고, 몸매 또한 조금 오동통하긴 했지만 그럭저럭 눈길이 갈 만도 했기 때문이다. 그럴 뿐만 아니라 때로는 깊은 생각의 말을 흘려 친구들의 가슴을 조금은 찡하게 만들 때도 있었다. 문제는 그놈의 〈딜라일라〉 때문이었다. 그녀는 너무 열정적인 게 탈이었다.

그녀는 같은 서클의 친구인 내게 은근한 관심을 표시했다. 나 역시 그녀가 내게 관심을 가지고 있다는 사실이 과히 싫지는 않았으나 뒤풀이에서 그녀가 부르는 〈딜라일라〉에는 정말 질색을 할 지경이었다. 그것은 나뿐만이 아니었다. 다른 친구들 역시 술자리에서 그녀의 지나친 열정이 불러일으킨, 그 대책 없는 소리에는 다

군종 사병

들 다른 테이블의 남들이 볼까, 남들이 들을까 하고 썩은 표정을 지을 수밖에 없었던 것이다. 요컨대 그녀가 〈딜라일라〉를 부르는 순간 금세 그 자리는 어색하게 되고 설렁해진다는 사실이었다.

그런 데다 언제부턴가 그녀의 〈딜라일라〉가 다른 사람도 아닌 나를 향해 던지는 세레나데라는 것을 누군가가 말해주었다. 나는 순간 아찔한 느낌이 들었다. 그놈의 눈물 콧물, 그 멱따는 열창이 다른 누구도 아닌 바로 내게 바쳐지는 것이었다니!

나는 그 순간부터 그녀의 〈딜라일라〉가 싫었고, 그래서 그녀가 싫었고, 그래서 마침내 서클에 나가는 것도 싫어졌다. 나는 단호하게, 또 과감하게 '모모회'를 떠나고 말았다.

그런 어느 가을날. 은행잎이 하염없이 떨어지던 날.

딜라일라가 내가 다니던 학교로 찾아왔다. 왜 서클에 나오지 않느냐는 일종의 탐문 겸 항의 방문이었던 것이다. 두 사람은 벤치에 앉아 모호한 대사를 나누었다. 그때만 해도 남녀 친구 상호 간에 존대어를 쓰던 시절이었다.

"그쪽이 나오지 않으니까 다른 친구들이 얼마나 기다리는지 알기나 해요?"

"요즘 좀 바쁜 일이 생겨서……."

나는 변명하듯 우물거렸다.

"그럼 바쁜 일 끝나면 나올 거예요?"

"아, 그게…… 그, 그래야겠죠."

그것은 다분히 청문회 형식이었다. 나는 왠지 죄인이 된 표정으로 더듬거리며 말했다. 차마 당신의 〈딜라일라〉가 싫어서 나가지 않는다고 할 수가 없었다. 가을이라 교정의 은행잎은 누렇게 물들어 황금색 삐라처럼 날리고 있었다.

　　그렇게 약간의 침묵이 흐른 다음 그녀는 가방에서 부스럭거리며 무언가를 꺼내더니 내게 주고는 자리에서 발딱 일어났다. 편지였다.

　　"그럼 다음에 봐요."

　　그녀는 그렇게 한마디를 던지고는 총총히 달아나버렸다.

　　"어?"

　　나는 자리에서 엉거주춤 따라 일어나며 한 대 맞은 표정으로 그녀의 사라져가는 뒷모습을 바라보았다. 그녀의 작은 어깨 위로 또 노란 은행잎 하나가 팔랑, 바람에 날리며 떨어졌다.

　　나는 천천히 다시 벤치에 앉아 그녀가 주고 간 편지를 뜯어보았다. 그 내용은 굳이 여기서 공개할 필요가 없을 것이다. 개인의 프라이버시에 관한 문제이기도 하거니와 그런 종류의 편지란 건 남이 보기에 따라서는 유치하고 낯간지러울 수도 있기 때문이다.

　　어쨌든 자기는 나를 조금 남다르게 생각하고 있다는 것. 우리 만남은 결코 우연이 아닐 거라는 것. 언젠가는 이런 이야기를 꼭 한 번 하고 싶었다는 것. 뭐, 그런저런 내용이었다.

　　그러고 나서 나는, 더더구나 그런 일이 있고 나서 더욱 나는, 더

군종 사병

이상 서클에 나가지 않았다. 그녀가 정말 부담스럽고, 미워지기까지 했던 까닭이었다.

세월이 흘렀다. 세월이란 언제나 유수와 같이 흐르는 것이다. 그중에서 젊은 세월이란 건 유수 정도가 아니라 화살처럼 빠르게 흐르는 법이다. 세월의 먼지 속에 그 후 딜라일라는 내 머릿속에서 까맣다 못해 하얗게 지워져버렸다.

그 세월 동안 나는 결혼을 하였고, 아이를 낳았고, 작지만 자기 소유의 아파트를 장만하였으며, 사십 대 후반의 흔해빠진 여느 사내들처럼 요렇게 조렇게 잘 살아가고 있던 중이었다. 뭐, 크게 잘 살아온 것은 아니지만 크게 후회할 일도 없었다.

다만 그렇게 촘촘하던 머리카락이 하나둘 빠져 달아나기 시작하더니 어느새 세월의 진한 흔적처럼 속알머리는 물론이고 앞가림할 머리마저 없어 휑해져갔다는 게 걱정거리라면 걱정거리였다. 아직 나이가 나이인지라 은근히 마음 쓰이지 않은 바가 없지 않아 남몰래 중국제 발모제도 발라보고, 누군가의 권유에 따라 날콩을 주머니에 넣고 다니며 먹어보기도 하고, 실없이 손가락 끝으로 머리를 툭툭 두들겨보기도 했지만 한 번 사라진 머리는 다시 되돌아올 줄을 몰랐다. 한번 흐른 세월이 돌아오지 않는 것과 같은 이치일 것이었다.

그런 어느 날이었다.

내 사랑 딜라일라

전철을 타고 가며 책을 보고 있는데 아까부터 저쪽에서 자꾸 내 쪽를 바라보고 있는 눈길 하나를 의식했다. 그쪽을 쳐다보았지만 별반 알 만한 사람이 없었다. 전철 안이 다소 붐비었기 때문에 나는 잘못 본 것인가 하며 계속 가는데 이윽고 그 눈길 하나가 나에게로 다가와 문득 내 앞에 서는 것이 아닌가.

"혹시 아무개 씨…… 아닌가요?"

나는 깜짝 놀라 고개를 들었다. 그곳에는 뚱뚱한 사십 대 후반의 아줌마가 한 명 서 있었다. 낯이 익은 것 같기도 한데…… 누군가? 나는 바쁘게 머리를 굴렸다.

"아무개 씨 맞죠?"

그녀는 활짝 웃으며 반갑게 말했다.

"나 모르겠어요? 딜라일라."

나는 하마터면 소리를 지를 뻔하였다. 그리고 그 순간 나는 차마 못 보여줄 것을 보여준 것처럼 얼른 자신의 휑한 머리를 손으로 가렸다. 딜라일라 역시 그렇게 말을 걸어놓고는 쑥스러운지 자신의 드럼통 같은 몸매를 가리느라 몸을 비틀었다.

참으로 짧은 순간의 일이었다. 두 사람은 동시에 자기가 가렸던 것을 다 드러내고 누가 먼저랄 것 없이 웃음을 터뜨렸다.

"하하하."

"호호호."

남이야 보건 말건 두 사람은 눈물이 날 정도로 웃었다. 그 웃음

군종 사병

속에서 갑자기 어느 해 가을, 노란 은행잎 떨어지던 교정 속으로 총총히 걸어가던 한 여학생의 뒷모습이 물방울처럼 선히 떠올랐다.

개다리 영감의 죽음

나는 어린 시절 소읍에서 자랐다.

경찰서와 군청이 있고, 멀리서도 얼른 눈에 띄는 붉은 벽돌로 된 오래된 성당의 탑이 있고, 중앙로를 따라 세탁소, 목욕탕, 다방이 있고, 오일장이 서는 제법 넓은 시장 거리와 가을에 소싸움이 벌어지는 우시장이 있고, 거기 사는 사람들이면 대강 누가 누구의 아들이고, 누가 누구의 사돈인지 아는 그런 별 특징 없는 소읍……

허물어진 돌담 밑에 먼지를 뽀얗게 뒤집어쓴 채 피어 있는 과꽃이나 맨드라미, 채송화처럼 지금도 우리나라 어딜 가나 흔히 볼 수 있는 낯익은 풍경이 바로 내가 자란 고향의 모습이다. 고향은 작가에게 문학적 상상력을 생산하는 자궁과도 같은 곳이다. 나 역시 그런 풍경을 배경으로「차력사」를 썼고「마른 수수깡의 연가」를 썼다.「차력사」의 박팔갑산이나「마른 수수깡의 연가」의 신발 가게 미경

군종 사병

은 모두 아련한 추억 속에 마치 흑백사진처럼 실재하던 인물들이다. 눈 내리던 날 밤, 초등학교 동창생이었던 시장통 신발 가게 딸 미경을 기다려 다리 끝에서 하염없이 서 있던 내 청춘의 한순간도 이 소읍이 없었으면 어떻게 나올 수 있었을까.

나의 데뷔작인 「깊은 강은 멀리 흐른다」의 밑그림도 이곳이며, 미완의 장편 『우리 청춘의 푸른 옷』도 어린 시절 내 유년의 추억이 어린 이 작은 소읍을 무대로 하고 있는 것이다. 시골 한의사였던 나의 아버지가 문간에 서서 형사와 함께 나란히 군대로 끌려가는 나를 마지막으로 배웅하던 읍사무소 옆길, 코스모스 흐드러져 날리던 그 소읍의 골목길이야말로 내 문학이 언제나 돌아가 안기는 슬픔과 그리움의 터전이다. 그곳에서 살다 간 사람들, 그들의 이야기들, 그중의 하나가 바로 소설 「개다리 영감의 죽음」에 나오는 개다리 영감이다. 개다리 영감은 그곳 시외버스 정류장에서 짐을 날라주는 늙은 지게꾼이었다.

지금은 어느 집에나 차가 있어 버스에서 내린 웬만한 짐은 자기가 직접 싣고 가는 게 예사이지만 그때만 해도 들 수 없는 부피의 짐은 짐꾼의 지게에 맡겨 앞서거니 뒤서거니 하고 집까지 나르는 게 보통이었다. 그래서 시외버스가 도착하면 지게를 비스듬히 멘 짐꾼들 서너 명이 차 문 입구로 우르르 몰려와 지고 갈 짐이 없나, 기웃거리던 것이 예사였다.

우리 읍의 시외버스 정류장이라고 예외가 아니었는데 그 속에 흰 머리를 빡빡 민 키 작은 영감이 언제나 술기 오른 듯한 불그죽 죽한 얼굴로 서 있는 게 눈에 띄었다. 그가 바로 개다리 영감이었다.

그가 언제부터 그곳에서 짐꾼 노릇을 하기 시작했는지는 정확히 모르지만 내가 아주 어렸을 때부터 그는 그곳에 있었고, 나중에 내가 자라 한참 어른이 되었을 때도 그는 여전히 그곳에서 지게로 짐을 나르고 있었다.

그의 이름은 모르지만 성은 최씨였다. 이름은 몰랐지만 어른들은 흔히 늙은이나 젊은이나 그를 보고 "어이, 최 씨!" 하고 불렀기 때문에 그의 성이 최씨였던 것은 분명했다. 그러나 우리가 아직 어린애였을 적에는 한 번도 그를 최 씨라고 불렀던 적은 없었다. 그에겐 최 씨라는 호칭보다는 훨씬 더 멋있고, 훨씬 더 잘 어울리는 호칭이 있었기 때문이다.

그것이 바로 '개다리 영감'이었다.

나는 누가 언제부터 그를 그렇게 부르기 시작했는지는 알지 못했지만 적어도 내가 그의 존재를 알기 시작했을 때 이미 그는 '개다리 영감'이라고 불리고 있었던 것은 분명했다. 아이들은 숫제 그 것도 가락을 붙여 놀림감으로 불러대고 있었던 것이다. 말하자면, "지겟다리, 개다리, 맛 좋은 다마네기!" 하는 식으로 제법 운을 맞춘 것이었으니 우리는 그를 보기만 하면 마치 동요라도 부르듯 큰 소리로 그렇게 입에 달고 부르던 것이었다. (다마네기란 양파의 일본 말인데 그땐 시골에선 누구나 양파 대신 다마네기란 말을 썼다.)

이 멋대가리라곤 하나 없는 운자를 두고 아이들은 무척 재미가 났는데, 왜냐하면 그 말을 들은 영감의 반응 때문이었다. 아이들이 이렇게 큰 소리로 외치며 지나가면 영감은 뜨내기 동냥치 본 사나운 동네 개처럼 그만 골이 날 대로 난 표정으로 지게 작대기를 휘두르며 달려 나왔다.

"요, 요! 씨쌍눔의 씨끼들! 간나 씨끼들! 부랄을 까버릴 끼다!"

그것이 재미있었다.

아이들은 참새 떼처럼 화르르 흩어지며 더욱 크게 노래를 불러 재꼈다.

"지겟다리, 개다리, 맛 좋은 다마네기!"

그땐 몰랐지만 지금 돌이켜보면 영감 역시 그런 노래를 부르는 아이들에게 짐짓 일부러 그렇게 사나운 인상으로 골을 부려본 것이라 생각한다. 그게 또한 그에게도 재미였을 테니까. 그렇게 대놓고 욕을 해댈 수 있는 인간이 아이들 빼고 그 바닥에서 누가 있었을까.

읍에 사는 누구라도 나이에 상관없이 아직 더러 남아 있던 고지기 대하듯 반말 비슷하게 하대하였고, 어딘가 좀 모자라는 인간으로 치부해버리면서 막일을 부려먹고도 조금도 미안해하는 기색이 없던 그런 동네에서 말이다.

그래서 우리 같은 쪼무래기 아이들에게 작대기를 휘두르며 맘껏 욕을 하면서 속으로 짐짓 통쾌함을 느꼈을지도 모른다.

누구에게나 살아온 역사가 있다. 거지건 재벌이건 누구나 한세상 사는 동안 자기만의 이야기가 없을 수가 없다. 그게 인생이다.

개다리 영감에게도 역시 자기만의 역사가 있었을 것이다.

내가 개다리 영감의 인생 역사에 대해 들은 것은 우연히 친척 집에 놀러갔을 때였다.

그 친척 집에는 귀순이라는 십여 세 되는 여자아이가 있었다. 단발머리에 광대뼈가 툭 튀어나온 못생긴 아이였는데 말하자면 그 집의 식모였던 것이다. 어린 나이에 남의 집 눈치살이가 쉽지가 않았던 때문인지 늘 웃음기라곤 없는 얼굴인 데다 사람을 빤히 쳐다보는 버릇까지 있는 애였다. 그런데 그 여자아이가 다름 아닌 개다리 영감의 딸이라는 것이었다.

그리고 귀순이 엄마는 개다리 영감이 젊은 시절 부산 부두에서 일할 때 만난 일본 여잔데 영감의 술주정과 생활고에 시달리다 못해 귀순이가 일곱 살 되었을 무렵 영감과 귀순이를 남겨두고 돈 벌러 간다고 혼자 훌쩍 일본으로 건너가고 말았다는 것이었다.

귀순이 아버지, 그러니까 개다리 영감은 장날쯤 술이라도 한잔 거나하게 취하면 귀순이가 일하는 나의 친척 집 대문간에 와서 큰 소리로 귀순이를 부르던 것이었다.

"귀순아! 내 새끼 귀순아. 애비 왔다. 애비 왔어!"

그러면 귀순이는 그런 아버지가 창피하여 부리나케 그 집 뒤란

군종 사병

으로 달아나버렸다.

그런다고 멈출 영감이 아니었다. 개다리 영감은 더욱 큰 소리로 귀순이를 불렀다.

"아니, 이놈이 어디루 가버렸단 말인가? 호랭이도 지 새끼는 안 잡아묵는 벱인데……."

그 소리에 모두 배를 잡고 웃었다. 자신을 언감생심 천하의 호랑이와 비유하다니, 얼토당토않은 말이었기 때문이다. 하지만 영감의 그 중얼거림 속에는 무언지 모르게 사람의 마음을 찡하게 만드는 슬픔과 비애가 담겨 있었다.

개다리 영감이라고 하여 젊은 시절이 없을 리 없었다. 아니, 그에게도 남부럽지 않게 행복했고, 따뜻했던 시절이 있었다. 일본 강점기 때 저 멀리 남양으로 징용을 다녀와 해방 후 대구 역전에서 처음 지게를 메었을 무렵이었다. 당시는 역전 지게꾼들도 상당한 세력을 가진 정치적 조직이었다고 했다. 영감은 남달리 강인한 체력으로 그 가운데서도 두각을 나타냈던 것이다.

장가도 가서 변두리일망정 작은 집도 마련했다. 영감이, 그땐 최 씨라 불리었겠는데, 거나하게 술이 취하여 지게에다 간고등어나 갈치 한 마리를 묶어 집으로 돌아오면서 흥얼거리던 노래는 지금도 그의 아련한 추억 속에 남아 있었다.

"눈이 오나, 아아아아~! 비가 오나, 아아아아~! 낮이나 밤이나……!"

개다리 영감의 죽음

그때가 가장 행복했던 시절이었다.

그러다가 전쟁이 터졌고, 영감은 자기도 모르게 역전 지게꾼 조직과 함께 좌측에 서서 밤에 팔공산 보급대로 징발이 되어 곡식 가마니를 메고 산으로 오르는 이른바 '지게 부대' 보급 투쟁에 참여하게 되었다. 이것이 비극의 시작이었다. 무장 빨치산을 토벌하기 위한 국군과 경찰의 대대적인 작전이 벌어졌다.

어느 날, 토벌 경찰에 들킨 영감은 지게를 내동댕이치고 피란길에 올랐는데, 낙동강을 채 건너기도 전 현풍 근처에서 그만 폭격을 맞아 그때 만삭이었던 첫 번째 마누라를 잃어버리고 말았다. 그러고는 혼자 혈혈단신 부산까지 내려왔다고 했다.

부산 부두에서 다시 지게꾼으로 일하던 영감은 그곳에서 우연히 귀순이 엄마인 일본 여자를 만나 살림을 차렸다는 것이다.

전쟁이 끝나고 나서 영감은 첫 번째 마누라의 고향인 이곳으로 들어왔다. 그리고 그때부터 시외버스 정류장의 지게꾼이 되었다. 그때까지만 해도 아슬아슬하지만 그럭저럭 살고 있었다. 그러다가 4·19 혁명이 터졌고, 도시에서 일어난 불길은 나중에 이승만 정권이 무너지고 나서 치러진 첫 번째 선거에서 들불처럼 농촌으로 옮아 붙었다.

고리대와 소작료에 시달리던 농민들은 군청을 점령하였고 투표함을 불태웠다. 이때 개다리 영감도 지게 작대기를 휘두르며 데모대에 섞여 있었는데, 나중에 사태가 수습되고 나자 사진에 박힌 영감이 엉뚱하게 주동으로 찍혀 감옥에까지 가는 일이 벌어졌던 것이다.

그것이 그의 인생을 결정적으로 무너지게 한 계기가 되었다. 감옥에서 풀려난 영감은 술로 세월을 보냈고, 어딘가 모르게 머리가 약간 모자라는 사람처럼 누구에게나 굽실거리고 다녔다. 귀순이 엄마가 일본으로 떠난 것도 그 무렵이라고 했다.

그것이 내가 대충 들은 영감의 이력이었다.

이 짧은 이력보다 더 많은 이야기들이 그의 주름진 얼굴 너머에 있었을 터였지만 나 역시 그땐 너무 어려서 자세한 사연들을 일일이 새겨 기억하고 이해할 만한 능력이 없었을 것이다. 내가 그의 존재를 깨닫기 시작했을 무렵 그는 이미 머리가 하얗게 센 '개다리 영감'이었고 시외버스 정류장 양지 쪽 지게에 비스듬히 기대 술이 취한 몽롱한 눈빛으로 거리를 바라보며 싸구려 담배를 빨고 있는 모습이었다.

그런 개다리 영감이 시야에서 사라진 것은 내가 고등학교를 다니던 무렵이었다.

대구에서 방학을 하여 집으로 가는 길, 버스에서 내리면 언제나 먼저 눈에 띄던 그가 더 이상 보이지 않았던 것이다. 그러나 그가 그리 중요한 인물이 아니었던 만큼 나의 관심에서도 곧 사라져버렸다. 그 아니더라도 내 인생을 스쳐 지나가는 사람들이 얼마나 많았던가!

개다리 영감의 죽음

하지만 얼마 후, 우연히 그 친척 집에 갔다가 그 집 식모 아이인 귀순이가 시집을 갔다는 이야기와 함께 그의 아버지인 개다리 영감의 소식도 들을 수 있었다. 어느 눈 내리던 겨울날, 술을 한잔 걸친 영감이 집으로 돌아가는 방죽 길 밑에서 잠을 자다가 얼어 죽었다는 것이다. 눈을 소복이 인 채 쪼그리고 앉아 자는 듯이 죽어 있더라는 것이다.

그리고 그의 곁에는 평생 동안 손때 묻은 그의 오랜 지게가 놓여 있더라는 것이었다.

나의 단편소설 「개다리 영감의 죽음」은 그러니까 그 개다리 영감의 마지막 하루를 그린 소설이다. 억세게 운이 좋아서 초등학교 선생으로 부임한 읍내 김근술의 책상을 하나 날라주고 잔돈마저 챙겼고, 빌려준 돈을 받아 오랜만에 인심 좋은 예천댁의 국밥집에서 막걸리까지 한잔 걸친 날이다. 그의 가슴속으로 지나가는 행복했던 시절의 추억들…… 첫 번째 마누라와 두 번째 마누라, 그리고 언제나 생각하면 미안하기만 한 딸 귀순이…….

술에 취한 영감은 기분 좋게 밀린 술값도 갚고 은근히 예천댁의 마음도 떠본다.

그러고는 그 예전의 노래, "눈이 오나, 아아아아~! 비가 오나, 아아아아~! 낮이나, 밤이나……!"를 부르며 방죽 길로 걸어간다. 그러다 잠깐 쉬어갈 양으로 바람을 피할 수 있는 방죽 아래 작은 공터에 지게를 부리고 쪼그려 앉는다.

군종 사병

하늘은 금세 한바탕 눈이라도 퍼부을 듯이 거멓게 무너진다. 어깨는 무겁고 자꾸 달콤한 잠이 쏟아진다. 잠들면 안 되는데, 안 되는데 하면서 기어코 영감은 잠에 빠진다. 그것이 그의 마지막이며 영원한 잠이 되어버린다. 잠든 그의 어깨와 등 위에 하염없이 눈이 내려쌓인다.

이 소설을 일본말로 번역했던 가토 겐지(加藤建二) 선생은 친절하고도 과분한 내용의 편지를 보내주었는데, 자기는 이 소설을 읽으며 마치 루쉰의 「아큐정전」에 나오는 주인공과 같은 느낌을 받았다고 했다. 한 보잘것없는 인간의 인생 위에 지나간 한국 현대사의 비극을 잘 느낄 수가 있었다는 말과 함께…… 이 기회를 빌려 가토 선생에게 감사의 마음을 전한다.

각설하고,

그의 주검은 아무 연고자가 없어 (귀순이조차 제 어미를 찾아가고 없었기 때문에) 그를 아는 읍내 경찰관과 시외버스 정류장 사람 몇몇이 화장하여 낙동강에다 뿌려주었다고 한다.

별

여름 내내 푹푹 찌던 내 시골 작업실에도 슬금슬금 가을이 오나 했더니 가을은 이별의 말 한마디도 없이 떠나버리고, 대신 대기 속에서 어느새 청동빛 금속성의 쨍한 겨울 냄새가 풍긴다. 겨울은 번개처럼 빨리 찾아오는 법이라지만 계절의 변화는 무상하여 며칠 사이 아, 벌써…… 하는 탄성이 저절로 터져 나오게 하는 것이다.

아침에 문을 열고 나가보니 가을걷이가 끝난 텅 빈 들녘에는 어느새 서리가 하얗게 내려앉아 있고, 갈까마귀들이 저희들끼리 소란스럽게 날아다니고 있었다.

창고에서 지난봄에 넣어두었던 석유난로를 다시 꺼내었다. 비닐로 싸두긴 했지만 어느새 먼지가 뽀얗게 쌓여 있고, 심지도 신통치가 않았다. 여름 내내 그런 물건이 있나 신경 한 번 쓰지 않았던 터였다.

지난봄, 목련이 지고 날씨가 푸근해지자 이제 아예 더 이상 쓸

군종 사병

모없을 것 같은 느낌에 대충 걸레로 한 번 닦아서 넣어두었는데, 지금은 다시 조강지처 찾듯 아쉬운 계절이 오고 만 것이다. 조삼모사라더니, 어리석음으로 치자면 내가 바로 그 꼴이 아닌가 하는 생각이 든다. 하긴 그게 어찌 나쁜이겠는가. 필요할 때에는 더없이 귀하게 여기다가 필요가 없어지면 헌신짝처럼 버리고 마는 것이 인지상정 아니던가.

먼지를 털고 심지를 갈고 석유를 채우고…… 손이 엉망이 되도록 만지고 나서야 난로는 다시 예전의 모습을 찾아서 환한 불꽃과 함께 열기를 내뿜었다. 나는 만족한 표정으로 서서 오래 묵은 친구를 바라보듯 시험 가동 중인 난로를 한참 동안 바라보았다.

곧 따뜻한 열기가 얼굴에 애무하듯 번져왔다.

사실 아파트에서 생활을 많이 하는 요즘 도시에서는 난로를 별로 쓰지 않는다. 하긴 난로를 켜두면 공기가 여간 탁해지는 것이 아니다. 사무실에서도 오래 난로를 켜두면 머리가 아파오는 법이다. 하지만 시골 생활에서 난로는 필수품이다. 들판을 내달리는 겨울바람이 얼음처럼 차가워지면 꼭꼭 막아둔 문틈은 물론 벽에서도 술술 찬바람이 일어나기 때문이다.

그뿐이 아니다.

외롭고 긴긴 겨울밤. 발갛게 달아오른 따뜻한 난로 곁에 앉아 무심코 불꽃을 보고 있으면 다정한 애인 옆에 앉아 있는 것처럼 왠지 마음이 든든해져 오는 것은 나만의 심사일까. 그 위에 물주전자를 얹어놓고 풍성하게 흘러나오는 김과 함께 색색거리는 숨소리를 듣고 있노라면 또한 얼마나 편안한 마음이 드는 것인가. 밖에 눈이라도 내리는 날이면 세상에 이보다 더 행복한 순간이 다시없을 터이다.

겨울의 문턱에 다가서면서 여름내 성가시게 굴던 벌레들도 어느새 보이지 않는다. 그들 역시 필경 어딘가에서 어떤 형태로든 이 겨울을 나기 위해 만반의 준비를 갖추고 있을 터이다.

'자, 이제 잠들 시간이다. 휴식이야······!'

누군가가 삼라만상 모두의 귓속에 이렇게 속삭여주는 것 같다.

하지만 그런 잠 속에서도 모두들 내년 봄을 맞이하기 위해 속으로는 부지런히 꿈을 꾸고 가꾸어갈 것이다. 나도 이제 저 따뜻한 나의 난로와 함께 기나긴 겨울밤의 꿈을 꾸어야지.

여주 고달사지 부근에다 조그만 작업실 하나를 얻은 지 일 년이 다 되어간다.

처음엔 너무 허름해서 어떻게 사나 했더니 이젠 제법 손때가 묻어 그럭저럭 가난한 글쟁이의 한적한 거처로 이름하기에 모자람이 없을 정도는 된 것 같다.

출판사와 문단 일, 세상 사는 일에 부대끼다가 한 달에 일주일이나 열흘, 이곳에 들어와 있는데, 나의 요즘 생활 중 제일의 기쁨을 손꼽으라면 아마 이곳 작업실에 있는 시간일 것이다. 오래전에

군종 사병

도공들이 살았다는 그 골짜기엔 도자기를 굽는 후배 부부와 나를 보고 '젊은 사람'이라고 부르는 할아버지 할머니 몇 가구만이 띄엄 띄엄 있을 뿐이어서 밤이나 낮이나 한적하기가 문자 그대로 적막 강산이었다. 낮에는 뒷밭까지 내려온 꿩이 오줌 누러 나간 내 발자 국 소리에 후닥닥 튀듯이 날아가는 바람에 저도 놀라고 나도 놀라 는 것이 예사였다. 여름밤이면 좁은 골짜기에 담긴 들은 온통 개구 리 소리로 가득 차고 하늘엔 별들이 총총히 돋아나서 깜박거린다. 찾아오는 사람도 없고, 나갈 일도 없었다.

모든 게 낮고, 심심하고, 가난하고, 겸손할 뿐이다.

원래 그 집은 할아버지 할머니 두 분이 살고 있었는데 할아버지 는 삼 년 전에 돌아가시고 할머니 혼자 집을 지키고 있다가, 그 할 머니마저 풍을 만나 아들네 집으로 가는 바람에 갑자기 비게 된 집 이었다. 마침 내가 작업실이 없어 여기저기 전전하고 다닌다는 이 야기를 듣고 그곳 인근에 살던 도자기 굽는 후배가 소개해주었는 데, 땅은 원주(原州) 원(元) 씨 종중 땅이고 지상권만 오백만 원이라 는 것이었다. 서류고 등기고 없이 달랑 계약서 한 장이 전부였다.

방은 온통 비닐봉지, 헌 이불 보따리 같은 것으로 가득 차 있고, 벽에는 빗물이 흘러내려 긴 자국을 만들어놓고 있었다. 더욱 한심 한 것은 헛간 속에 들어 있는 변소였다. 반쯤 무너진 헛간 안의 변 소는 어둡고 어수선하기 짝이 없었다. 할머니가 갑자기 쓰러져서 가는 바람에 미처 뒷정리를 하지 않았던 집이라 방에는 고추 말리던 것이 그대로 있었고, 낡은 옷장엔 옛날 옷을 비롯하여 각종 행사의 마크가 찍혀 있는 수건, 목장갑, 비닐 등이 켜켜이 쌓여 있었다.

곰팡이 냄새가 풍기는 광에 있는 오래된 농기구가 앞에 살았던 사람들의 흔적을 이야기해주는 것 같았다. 그중에 몇몇은 어느 날 성남에서 이발소 한다는 아들이 트럭을 몰고 와서 싣고 가고 나머지는 우리더러 쓸 거 있으면 쓰고 필요 없는 건 불에 좀 살라달라고 부탁을 한 다음, 이 '지긋지긋하도록 가난한 고향'을 도망치듯 사라져버렸던 것이다.

그래서 나는 몇 날 며칠 할머니가 남기고 가신 수대에 걸친 옷가지와 부서진 가구, 잡동사니를 태우지 않을 수가 없었다. 그리고 벽에 다시 도배를 하고 널빤지를 사 와서 책꽂이와 평상을 만들었다.

문제는 변소였다. 지상권밖에 없으니 함부로 헛간을 허물고 다시 지을 수도 없는 노릇이고 고치기엔 달리 꾀가 생기지 않아 곤란해하고 있는데 울고 싶은 아이 뺨 때려준다는 격이랄까. 지난여름 중부지방을 휩쓸고 지나간 태풍 루사가 공교롭게도 우리 집 헛간의 지붕만 홀라당 날려 물고 가버린 것이었다.

아무리 까다로운 땅 임자라 하지만 자연재해니 어쩔 수가 없는 일이었다. 부랴부랴 포클레인을 불러 헛간을 밀어버리고 그 자리에 솜씨 좋은 후배랑 함께 나무를 얽어 작은 화장실을 하나 지었다. 그러자 헛간이 있던 자리에 제법 넓은 마당까지 생겼다.

그 구석에 작년 사월 식목일 날 포도나무와 모과나무 한 그루씩을 심고, 작은 텃밭까지 하나 일구었다. 텃밭에는 고추와 토마토와 상추, 파 등을 심었다. 그런데도 마당이 어쩐지 허전하여 마침 장독대로 쓰던 넓적한 돌을 이용해 탑을 하나 쌓았다. 가슴 높이 정도밖에 되지 않는 정말 문자 그대로 작은 삼층 석탑이었다.

예전에 운주사에 갔다가 그 다채로운 탑 모양에 감탄을 했던 적이 있은 터라 나도 언젠가는 저런 석탑을 하나 쌓아보리라 하던 참이었다. 그러나 쉽게 생각하고 시작했는데 웬걸 막상 해보니까 그게 아니었다. 솜씨 없는 주인을 알아보았는지 조금만 균형이 맞지 않아도 비뚤어지기 마련이거니와 이젠 됐다 싶어 돌아서면 우르르 무너지기 십상이었다.

오후 내내 끙끙거려 작은 돌을 괴고 큰 돌을 올려 마침내 그럭저럭 알맞은 균형으로 탑을 완성하고 보니 제법 운치가 있어 보였다. 이렇게 말하면 나를 무지하게 부지런한 사람으로 오해하고 있을지 모르지만 사실은 그 정반대다. 소설가의 작업이란 게 누워서 뒹구는 일이 보통 절반은 넘는다. '알을 품는다'는 말로 표현되는 이 빈둥거리는 시간이 없이는 좋은 작품이 나올 수 없기 때문이다.

아무튼 이렇게 작업실이라고 만들어놓고 보니 마음에 한결 여유가 생겼다. 글을 쓰다 지치면 혼자 아무렇게나 신발을 꿰어 차고 산길과 들길을 하염없이 걷다가 혼자 바위 위에 우두커니 앉아 있다가 돌아오곤 한다. 그러다 밤에 오줌이라도 누러 밖으로 나오면 초롱한 별들이 왜 그리도 많이 반짝이고 있던지!

얼마나 오래되었던가. 어린 시절, 마당 덕석에 누워 형들과 함께 쳐다보던 별…… 긴 꼬리를 끌며 떨어지던 유성을 쫓던 밤…… 견우와 직녀의 이야기가 담긴 수천억 개의 별들로 이루어진 은하수……

별을 본다.
어릴 적 보던 별
나이 들어 본다.
저 별에도 내 나이만 한 시간
흘러갔으리.

내 가슴속 수많은 별들
뜨고 지는 동안……
내 이름 위
수많은 꽃들
피고 지는 동안……

별을 헨다.
어릴 적 헤던 별
나이 들어 헨다.

— 졸시, 「별」(『남해엽서』, 1994)

군종 사병

시골 한의사, 우리 아버지

그해 겨울, 눈이 펑펑 내리던 어느 날 밤.

전기가 나가서 초를 밝혀둔 어두컴컴한 벙커에 혼자 앉아 있는데 누군가 행정반에서 올라와서 쪽지 한 장을 건네주며 말했다. 전보였다.

"김 일병, 안됐구먼."

그의 가라앉은 말투에서 나는 순간, 어떤 불길한 예감에 싸인 채 전보를 뜯어보았다.

부고였다. 아버지가 돌아가셨다는 부고였다.

아버지가 돌아가시다니!

나는 갑자기 막막한 공간으로 붕 떨어져나가는 듯한 느낌에 싸였다. 머릿속에 아무 생각도 떠오르지 않았다. 아무런 감정도 없이 그저 텅 빈 상태로 얼마 동안 그렇게 목석처럼 앉아 있었다. 살벌했던 감옥과 군대를 거치는 동안 나는 나의 감정들, 이를테면 슬픔이니 그리움이니 사랑이니 하는 모든 부드러운 감정들은 호두처럼 단단한 껍데기 속에 묻어둔 채 살아가고 있었다. 출구 없는 절망적 상황 속에서 그러한 감정을 품고 살아가는 것은 곧 죽음을 의미했기 때문이다.

나는 부고를 들고 벙커 밖 언덕으로 내려왔다. 검은 하늘에서는 쉴 새 없이 눈이 내리고 있었는데 그 사이로 짐승처럼 거뭇하게 앉아 있는 강원도의 산들이 보였다. 나는 방한모를 벗고 하염없이 어둠 속에 서서 눈을 맞았다. 그대로 얼어버린 채 눈사람이라도 되어버릴 생각이었다. 이윽고 호두껍데기처럼 단단한 틈새를 뚫고 슬픔의 감정이 돋아나기 시작했다. 그러자 그것은 주체할 수 없는 눈물이 되어 흘러내렸다.

아아, 아버지…… 세상에서 오로지 하나밖에 없는 나의 아버지가 돌아가시다니!

사십 대 후반이 넘어서 막내인 나를 본 아버지는 내가 웬만큼 나이를 먹을 때까지 한시도 자신의 무릎에서 내려놓은 적이 없었다. 이마에 움푹한 흉터가 있고 도산 안창호 선생처럼 멋있는 콧수염을 기른 우리 아버지는 경남 창녕 시골 읍에서 한의원을 하고 계셨다.

담배 연기와 한약재 냄새가 자욱한 사랑방은 언제나 뜨내기손님, 동네의 할 일 없는 늙은이, 이야기꾼들로 시끌벅적하였는데 좀

허풍기가 있고 목소리가 우렁우렁한 우리 아버지는 그중에서도 손
꼽히는 이야기꾼이었다.

아버지는 절대로 목소리를 낮추어 소곤거리는 법이 없었기 때
문에 이야기를 하는 동안에 튀어나오는 침이 온통 내 얼굴로 쏟아
지고는 했다. 전쟁 이야기, 도깨비 이야기, 사람 이야기로 넘쳐나
는 그 속에서 나는 유년 시절을 보냈고 아버지의 친구인 풍수 영감
에게서 천자문과 서예를 배웠다. 그러니까 내가 가지고 있는 아버
지에 대한 기억은 아버지의 중년에서 노년까지의 느즈막한 시기의
것이 될 것이다.

우리 아버지는 일제가 우리나라를 합방하던 1907년 경상남도
창원 땅에서 태어나셨다. 안동 김씨 문중에서 임란 중 의병장으로
활동하다 전사했던 김인상(金麟祥)의 적손으로 그 후 영남에 자리
잡은 시골 토반의 5남 1녀의 넷째였다.

할아버지가 돌아가시고 큰아버지(나는 얼굴도 모른다)가 빚보증
을 잘못 선 탓에 일가가 뿔뿔이 흩어졌는데 아버지는 창녕읍에서
십 리쯤 떨어진 지금은 우포늪으로 유명한 합천 가는 길가 직교리
라는 마을 한쪽으로 이사를 하였다. 궁벽하기 짝이 없는 집에서 다
섯 남매를 남겨놓은 채로 첫째 부인이 돌아가셨다. 아마도 그때에
유행했던 결핵 때문이었던 듯하다. 그러고 나서 한 해가 지난 뒤에
아버지는 열 살 아래인 새 아내를 얻으셨는데 그이가 바로 우리 어
머니시다.

아버지는 대구의 전통적인 한의사에게서 한의학을 공부하셨는데 '곽재 선생'이라는 그분은 한의학뿐만 아니라 유명한 한학자로 내가 어릴 적에 벌써 호호 영감이 되어 있었다. 머리에 누런 호박 관자가 달린 망건을 쓰고 도포 자락에서 인삼주가 담긴 호로병을 꺼내어 사랑방 대청마루에 앉아 조용히 혼자 잔을 기울이시던 그 모습이 아직도 눈에 선하다. 그 영감이 다녀가는 날은 온 집안이 쥐 죽은 듯이 조용하였다.

아버지는 『동의보감』에 관해서라면 영남 일대에서는 알아주는 사람이었으니 미 군정이 시작되어 의사 시험을 치를 적에 거기에 합격하여 읍에서 두 사람밖에 안 되는 자격증 딴 한의사가 되셨다. 전쟁이 나자 온 마을이 불타버리고 우리 가족은 (아직 나는 태어나지도 않았지만) 부산 쪽으로 피난을 갔고 아버지는 의료기관에 지원하여 따라다니다가 때로는 인민군 쪽 의료기관에 소속되기도 했다고 한다. 그때 보고 들은 것을 아버지는 사랑방에서 두고두고 이야깃거리로 삼아 떠들어대어 그 많은 부분이 내가 뒤에 소설을 쓸 적에 적지 않게 도움이 되었다. 눈빛이 매섭고 콧수염이 멋있었지만 아버지는 실수투성이의 인간형이었으니 그 실수의 뒤치다꺼리는 자연히 어머니 몫으로 돌아갈 수밖에 없었다.

내가 다섯 살 되던 해에 우리는 동네 어귀에서 동네 안의 커다란 새 기와집으로 이사를 가게 되었다. 그 때문에 아버지는 빚을 많이 지게 되어 할 수 없이 약 가방 하나만 들고 부산으로 돈을 벌러 떠나지 않을 수 없게 되었다. 그때에 아버지를 따라간 사람이 바로 갓 다섯 살 난 나였다.

그때의 상황을 나는 어떤 소설에선가 이렇게 그렸다.

"……아버지가 발자국을 옮길 때마다 발밑에서 자갈이 와글와글 소리를 내며 무너졌다. 읍으로 올라가는 신작로에는 자갈이 자동차 바퀴에 밀려 작은 둔덕을 만들어놓고 있었다. 나는 아버지의 손을 꼭 잡고 부황 든 얼굴색의 달이 언뜻언뜻 구름 사이로 비치는 길을 열심히 걸어갔다. 플라타너스의 그림자가 시꺼멓게 도깨비처럼 서서 나를 노려보고 있었다. 저수지 뚝길 밑으로 걸어갈 땐 저수지에서 무슨 소리가 들리는 것 같았다. 나는 아버지의 손을 꼭 잡았다. 기다란 아버지의 회색 두루마기가 초겨울 바람에 날려 자꾸만 내 얼굴을 가렸다……."

읍에 와서 우리는 다시 버스를 탔다.

울퉁불퉁한 비포장도로를 짐과 사람이 뒤섞여 있는 버스를 타고 가는 동안에 나는 심하게 멀미를 하였다. 하루 종일 버스를 타고 마침내 부산에 도착하였다. 그때는 막 전깃불이 들어오기 시작하는 초저녁 무렵이었는데 그때까지 시골의 호롱불만 보아온 나는 불꽃이 피어난 그 정경에 그저 꿈을 꾸고 있는 듯한 기분이 들었다. 정류장 어디선가 낮은 하모니카 소리가 들려오고 있었다.

아버지와 나는 어느 단층집의 귀퉁이 방 하나를 얻었다. 우리 방 쪽에는 늘 응달이 져 있었지만 집 가 둘러 마당에는 화단이 곱

시골 한의사, 우리 아버지

게 가꾸어져 있는 집이었다. 아버지는 그곳에 나를 남겨두고는 하루 종일 나가 있다가 밤이 늦어서야 돌아오고는 하셨다.

"아부지가 돈 많이 벌어올 테니까 잘 놀아야 된다, 알겠제? 우리 영현이도 이젠 다섯 살이니까 어른이지. 암. 어른이구말구. 그리고 대문 밖에는 절대 나가서는 안 된다. 아이들 잡아가는 순사들이 득실거리니깐."

그래서 나는 하루 종일 집에서 늙은이처럼 혼자 웅얼거리면서 구슬을 치거나 돌멩이로 소꿉놀이를 하거나 하면서 놀았다. 아버지는 나를 위해서 왱왱 소리가 나는 양철 팽이를 여남은 개나 사다 주셨는데 그게 그때에 아버지로서 할 수 있는 유일한 일이었을 것이다. 태어날 때부터 몸이 허약했던 나는 양지바른 곳에 앉아서 팽이를 돌리며 혼자 상상에 빠지고는 했는데 그 뒤에 내가 꿈 많은 이상주의자가 된 까닭도 거기에 있는지 모르겠다.

몇 달을 그렇게 지내다가 어머니와 여동생도 따라왔고, 아버지도 남의 한의원에서 고용 의사로 일할 필요가 없어졌기 때문에 오래간만에 가족들이 모여 살게 되었다. 어머니의 존재를 어렴풋하게나마 깨달은 것은 그 무렵부터였다.

가족이 모이자 딸기 철에는 멀리 강가에 놀러가기도 했다. 구멍이 숭숭 난 철판 다리를 건너갈 때에 나는 무서워서 아버지에게 매달렸는데 아버지가 끝까지 혼자 가셨던 기억이 난다. 키를 넘는 수숫대가 푸른 하늘을 배경으로 우석우석 소리를 내며 흔들렸다. 아

군종 사병

버지는 늘 '사내 대장부가……' 하는 말을 입에 달고 계셨다.

부산 시절, 내가 여섯 살 때에 4·19가 터졌다.

우리 집 앞 큰길로 경찰 지프와 버스, 소방차를 타고 학생들이 소리치며 지나갔다. 길거리에 서 있는 시민들은 그들을 향해 박수를 보내고 양동이에 물을 담아다 바가지로 퍼주기도 했다. 우리 아버지는 사랑방 여론의 중심이었기 때문에 새로운 사건이 있을 때마다 늘 붓으로 한지에다 메모를 해두었다가 사람들이 모이면 풀어 보이고는 하셨다.

신문으로는 양이 차지 않았던지 아버지는 잡음이 심하게 나는 낡은 진공관 라디오를 하나 구해 오셔서 아침에 눈만 뜨면 맨 처음으로 그 라디오에 스위치를 넣는 일부터 하셨다. 그때에는 전기 출력이 낮아서 도란스(변압기)를 연결시켜놓았는데 웅웅 소리가 나는 뜨끈뜨끈한 도란스를 아버지는 베개 삼아 베고 주무시는 것이었다.

내가 일곱 살이 되자, 아버지는 다시 우리 모두를 이끌고 고향으로 내려오셨다. 별로 돈을 벌지도 못했지만 한차례 병을 앓고 나자 향수병에 걸리고 말았던 것이다. 그럴 만도 한 것이 아버지는 벌써 오십 고개를 훌쩍 넘기고 있었기 때문이다. 고향으로 돌아오신 아버지는 옛날 집은 큰형에게 맡겨두고 한의원 자리는 이번엔 십 리가 더 떨어진 읍에다 잡았다.

다행히 읍에서 아버지의 한의원은 꽤 성공적이었다. 그때 나는

　　　　　　　　　　시골 한의사, 우리 아버지

초등학교에 입학하였다. 1962년이었다. 5·16 군사혁명이 난 지 얼마 되지 않아서인지 학교에서는 '혁명공약'을 외우게 하였는데 한자가 많이 섞인 '혁명공약'을 내가 아무렇지도 않게 줄줄 읽어나가자 선생님들이 신기해하던 기억이 난다.

교실과 선생이 태부족인 그 학교에서 삼 학년까지 다녔는데 위의 형이 고등학교를 가느라고 재수를 하러 대구로 가는 통에 나도 덩달아 대구로 전학을 가게 되었다. 아버지와 최초의 이별을 하게 된 것이었다.

아버지와 헤어져 대구 산격동 아버지의 친구 집에 머물면서 아버지의 친구 아들인 문길 형의 자전거 뒤에 실려 학교까지 통학을 하였다. 문길 형은 나중에 꽤 유명한 가수가 된 유랑극단 출신의 여자와 결혼을 했다. 나는 아버지가 너무 보고 싶어서 날마다 눈물로 지새웠다. 그때에 새로 전학한 학교의 우리 담임선생은 빼빼 마르고 아주 신경질적인 사람이었는데 나를 약간 무시하는 투로 "따뜻한 색을 다 대봐라" "차가운 색을 다 대봐라" 하고 묻고는 우리 어머니에게 중간 정도의 성적이 되겠다고 말한 것이 기억난다. 시골에서 전교 일등을 했다는 말에 담임선생은 노골적으로 콧방귀를 뀌었다.

그러나 그의 이러한 예단에도 불구하고 나는 몇 달 안 되어 우리 반에서 최고의 성적을 따내었다. 나는 많은 질문을 생각해내었고 공부 시간에는 얼굴이 빨갛게 되어 그 질문들을 해대었다. 고체, 액

체, 기체를 공부할 때에는 선생이 "기체를 들어봐" 하면 시시한 대답이 싫어서 "전기" 하고 대답했다가 매를 맞은 기억도 난다.

그 무렵 나에게 기다려지는 것은 오직 방학뿐이었다. 그리운 아버지와 고향 산천을 보러 가는 것이 꿈이었다. 방학을 하고 나면 나는 하루 종일 털털거리는 버스를 타고 고향으로 달려가 대문 밖에서 크게 아버지를 부르며 뛰어 들어가서 문 밖에서 큰절을 올린 다음에 아버지께 매달리고는 하였다.

그러나 해마다 방학이 되어 고향에 갈 적마다 아버지는 몰라보게 늙어가곤 하셨다. 어느 핸가 내려갔을 때는, 오랜 병을 앓고 나셨는데 머리가 하얗게 세고 그토록 우렁우렁하시던 목소리도 낮게 깔려 있었다. 언제나 우렁우렁하던 목소리만 듣고 자랐던 내겐 너무나 낯설게만 여겨졌다.

나는 그 뒤에 대구 경북중학교로 진학하였다가 다시 경북고등학교로 진학하였다. 나이가 들어가면서 나는 그토록 따르던 아버지의 구심력에서 벗어나 세상의 원심력 쪽으로 점점 나아가게 되었다. 사춘기를 맞을 때쯤에는 아버지에 대한 관심보다도 더 많은 관심거리가 생기게 되었고 늙은 아버지의 세대 감각과는 또 다른 세상을 동경하게 된 것이다.

방학에 내려가도 그전처럼 아버지에게 매달리거나 하지 않았고 그 대신에 혼자 방 안에 앉아 세계문학전집을 읽거나 밖으로 나가 돌아다니거나 했다. 말하자면 나는 아버지의 속에 있는 것을 다 갈

시골 한의사, 우리 아버지

아 먹어버린 새끼 거미처럼 굴었던 것이다. 아버지의 다리를 주물 러드리려고 같이 방에 있어도 별로 할 이야기가 없었을 뿐만 아니 라 아버지의 노인네 같은 이야기가 별로 흥미롭지도 않았다.

그러나 여름 내내, 또는 겨울 내내, '아버지의 집'에 머무는 것은 확실히 행복하고 편안한 일이었다. 그 행복과 평화를, 나는 한참 뒤에 아버지가 세상을 떠나고 나서 어느샌가 '아버지의 집'이 사라 졌을 때야 비로소 뼈저리게 기억해내지 않으면 안 되었다.

고등학교를 졸업하고 나서 나는 더 멀리 서울로 유학을 떠나게 되었다. 서울대학교 인문계열에 입학한 나는 이 학년에 올라가서 학과를 선택해야 할 때 고등학교 시절부터 빠졌던 철학과를 가고 자 했다. 아버지는 아직까지 나에게 한번도 어떤 선택을 강요한 적 이 없었는데 그때도 나의 뜻대로 하게 내버려두었다. 시골 선비이 기도 했던 아버지는 철학을 옛날 학문으로 이해해주셨고 학자가 된다는 것이 관리가 되는 것보다 더 떳떳하다고 생각하고 계셨다. 『중용(中庸)』을 잘 보라고 당부하시던 말씀이 기억난다.

나의 대학 생활에 대해 여기서 다 이야기할 필요는 없을 것이 다. 다만 아버지가 나에게 보이셨던 전통적이고 선비적이었던 모 습 하나만은 그려두고 싶다. 77년 가을, 유신의 말기적인 폭압이 극에 달했던 그해 대학 사 학년생이었던 나는 몇몇 친구들과 함께 감옥으로 가게 되었다. 시위 예비 음모에 의한 '대통령 긴급조치 9 호' 위반이라는 것이었다.

군종 사병

누구나 다 그렇겠지만 우리 가족들, 특히 늙으신 부모님이 당하신 절망감과 좌절감은 상상하고도 남음이 있을 것이었다. 영등포 구치소로 어머니가 첫 면회를 오셨을 때는 눈이 내리고 있었다. 그때에 어머니는 눈물을 글썽이며, "아부지가 아모 걱정 말고 잘 지내라 그러시더라. 사내 대장부가 그런 일 따위에 낙심하거나 하면 못쓴다 하시더라. 일제 때 왜놈들과 싸우다가 옥살이를 한 사람들도 숱하게 많은데 그깟 일도 지내놓고 보면 아무것도 아니라 하시더라." 하는 말씀을 전해주셨다.

나는 검은 두루마기를 휘날리며 김구 선생처럼 둥근 안경을 쓰신 꼿꼿한 아버지의 모습을 기억하고는 얼마나 힘을 얻었는지 모른다. 유년 시절부터 어떠한 경우에도 나의 든든한 바람벽이 되어주셨던 바로 그 모습이 아닌가.

그렇게 일 년 반을 감옥살이하는 동안 우리 아버지는 행여 내 마음이 흔들릴까 봐 면회 한 번 오시지 않았다. 보고 싶은 마음이야 남과 달랐을까만 그렇게 꼿꼿이 기다려주는 게 아버지라고 생각하셨을 것이다. 그 세월 동안 아버지는 무너지는 속을 안으로만 다스리고 계셨는데 그때 지으신 한시에, '산은 높고 구름은 깊어 길은 등등한데, 세상 풍진이 모두 귓가를 스쳐가네(山高雲深路登登 世上風塵耳邊過)' 하는 구절이 기억난다.

내가 감옥소를 나왔을 때엔 아버지는 이미 깊은 병으로 자리에 누워 계셨다. 머리를 빡빡 민 아들의 손을 잡고 그제야 아버지는

시골 한의사, 우리 아버지

눈물을 흘리셨다. 그러나 그런 만남도 잠시였고, 나는 곧 반대자에
대한 박 정권의 그악스런 보복적인 조처의 하나였던 강제징집 조
처로 다시 군대로 끌려가지 않을 수 없었다. 나는 부산 병무청으로
가서 책상을 뒤집어버리며 싸웠다. 그러나 병상의 아버지 곁을 떠
날 수가 없어 도망도 못 치고 있다가 기어코 몇 달 뒤인 늦가을 마
지막 코스모스가 햇살에 부서지는 날, 형사 한 명과 병무청 직원의
호위를 받으며 군대로 끌려갔다. 병상의 아버지는 어머니 부축을
받으며 지팡이를 짚고 서서 대문까지 따라 나오셨는데 하얗게 센
머리와 기침 소리가 아직도 귀에 선하다.
　내 첫 시집 『겨울바다』에 그 장면이 그려져 있다.

　　내 다시 푸른 옷의 포로다, 끝없는 도망질이다.
　　햇살 짙노란 읍사무소 옆길, 구월도 끝이다.
　　형사는 앞서 가고 병무청 직원도 앞서 가고
　　한적하고 조용하게, 나는 포로다.

　　흰머리 늙은 아버지 문간에 지팡이 짚고 서서
　　끝없는 기침 소리
　　가슴에 탕탕 울리는 못질이다. 밑도 없는 울음이다.
　　먼지를 뒤집어 쓴 코스모스만 햇빛에 반짝이는데
　　아무런 일도 없다는 듯이 건들대는데

군종 사병

시골 정류장에는 늦잠자리가 떠 있고
수숫대보다 순한 중늙은이 찡그린 표정
그렇다.
포로가 되었다 하여
비장할 거야 없다.
늦은 가을의 빛바랜 해보다 더 긴 날이
내 절망의 깊이보다 더 깊은 역사가
우리에겐 강처럼 남아 있다.
전쟁과 피난살이를 살아온 늙은 아버지의
가난한 기억처럼…….
온몸으로 버팅겨 나온 음울했던 감옥의 기억처럼…….

시골정류장은 붉은 고추가 널려 한산한데
형사는 논산행 버스표 석 장을 끊고 있었다.
　　　　　　　　　― 졸시, 「군대 가는 날」(『겨울바다』, 2003)

그것이 내가 이 세상에서 본 아버지의 마지막 모습이었다.

아버지가 이 세상을 떠난 지도 벌써 사십여 년이 지나간다. 그때 어렸던 나도 이젠 두 아들의 아비가 되어 그때의 아버지처럼 늙어가고 있다.

대부분의 시간을 아버지를 잊고 살지만 어느 순간 어린 아들을

　　　　　　　　시골 한의사, 우리 아버지

품에 안고서 무언가 말을 할 때면 갑자기 내가 또 아버지의 아들이 되어 안기는 듯한 기분에 싸이곤 한다. 그리고 어느샌가 그 옛날 아버지가 내게 해주었던 것처럼 아들에게 같은 이야기를 들려주고 있는 나를 발견하곤 생의 어떤 수수께끼 같은 것에 사로잡힌다.

군종 사병

3부

은자의 황혼

소설가 박완서 선생과 함께

사람의 일생이란 여행과 같은 것이어서 길을 가는 동안 수많은 사람들을 만나게 마련이다. 어떤 사람은 스쳐 가는 인연으로, 또 어떤 사람은 긴 인연으로 만나게 된다. 그리고 그 인연, 그 관계에 의해 자기 삶의 형태와 색깔이 결정되는 것이다. 마치 산소라는 원소가 수소와 만나 물이 되기도 하고 탄소와 만나 이산화탄소가 되기도 하는 것처럼 어떻게 보면 인생이란 이러저러한 인연들의 집합체인지도 모른다.

내게 박완서라는 이름은 어떤 인연으로 찾아온 것일까. 그리고 그이가 살아오시면서 가까이 혹은 멀리 관계한 수많은 사람들 속에서 나는 어떤 인연으로 그이를 만난 것일까. 그리고 그 많은 사람들 속에서 어떻게 내가 이렇게 그이에 관한 글을 쓰고 있는 것일까.

몇 년 전 어떤 신문에 '이 가을에 찾아보고 싶은 사람'이라는 제목으로 단풍 들 무렵 아차산 발치에 사시는 그이의 집을 찾아가는 글을 쓴 적이 있었다. 월북 화가인 김용준의 『근원수필(近園隨筆)』에 매화가 눈처럼 피었다는 소식을 듣고 친구를 찾아 십여 리 길을 찾아가는 이야기에 빗대어 쓴 글이었는데, 수년이 흐른 얼마 전 어떤 시골 아저씨로부터 그 글의 분위기가 참 좋아 자기도 오려서 수첩에 넣고 다니며 읽고 있다는 전화를 받았다.

아마 내 글이 그래서가 아니라, 서툰 글에서나마 희미하게 묻어 나온 그이의 곱게 살아가는 모습이 하도 아름다워서 그랬을 것이다. 아름답게 나이를 먹어간다는 것, 한 그루 고목처럼 품격 있게 늙어간다는 것이 얼마나 어려운 세상인가.

내가 그이를 처음 만난 것은 십여 년 전 언젠가 소설가 임철우의 작업실이 있다는 전남 보길도를 찾아가는 길에서였다. 나뿐만 아니라 소설가 이경자 선배를 비롯한 후배 소설가 조용호, 김형경, 공지영, 시인 최두석, 민병일, 한겨레 최재봉 기자 등이 함께했는데 그 일행의 중심에 박완서 선생님이 계셨던 것이다.

박완서라는 이름은 대학 시절 때부터 지금까지 수많은 베스트셀러의 목록과 함께 너무나 귀에 따갑게 들었던 터라 마치 예전부터 그이를 잘 알고 있는 것처럼 착각이 들 정도였지만 막상 가깝게 만난 것은 그때가 처음이었다. 그전에 『한국일보』 문학상을 받는 자리에 그이가 심사위원 자격으로 와서 앉아 계셨다지만 그땐 내

은자의 황혼

가 오만방자하여 눈에 보이는 것이 없었던 때라 그이에게 인사나 제대로 했는지 기억이 나지 않을 정도였다.

그러니까 보길도 가는 길이 우리들의 첫 만남이라 해도 지나치지 않을 것이었다.

대부분의 글쟁이 후배들이 그러리라 여겨지지만 내게도 박완서라는 이름은 그 자체가 하나의 커다란 질량을 가진 무엇처럼 그 중력권 속에 들어가는 순간부터 숨이 턱 막히듯 긴장되고 떨리는 것은 어쩔 수가 없었다. 더구나 나처럼 경박하다 싶을 정도로 질량이 가벼운 존재임에랴. 그이와의 만남 자체가 휘청거리는 설렘 그것이었다.

남해의 타는 듯한 햇빛이 사철나무와 동백나무의 잎사귀에 부딪혀 물비늘처럼 반짝이는 그해 여름, 우리는 보길도를 돌아보고 배를 타고 임철우의 소설 『그 섬에 가고 싶다』를 영화로 찍었다는 작은 섬의 등대에도 건너가보았다. 그리고 바다가 내려다보이는 임철우의 집 마루에 둘러앉아 백 원짜리 내기 화투도 치고 철없는 어린아이들처럼 쉴 참 없이 웃고 떠들며 2박 3일을 함께 보내었다.

그때 무슨 이야기 끝에 나는 은근히 그이의 중력장을 깨뜨리고 싶은 못된 마음이 들어 술기운을 핑계 삼아 농을 던졌다.

"어허, 같은 문호끼리 왜 이러시나요?"

그러니까 그이께서 장난기 많은 소녀처럼 활짝 웃으면서 대뜸 말씀하셨다.

"그래, 난 문호지만 영현 씬 문어다. 문어!"

나의 속알머리 허술한 이마를 빗대어 하신 농담이었다. 좌중이 모두 웃음바다가 되었다.

이 날카롭고도 유쾌한 '아주 오래된 농담' 덕분에 난 한 방 먹은 꼴이 되었지만 어쨌거나 그이가 이름이 지닌 무거운 질량에도 불구하고 썩 농담을 잘하실 뿐만 아니라 어쩌면 나만큼이나 가벼운 분일지도 모른다는 생각이 들게 만들었다. 이런 말을 해도 좋을지 모르지만 좌중에 떠도는 점잖지 못한 음담패설에도 꼭 한몫씩 끼어들어 웃기시는 걸 보면 더욱 그런 예감이 맞을지도 모른다는 생각이 들었던 것이다.

그런 예감은 적중하여 그 후 그이를 따라 세상을 여행하는 동안 그이가 얼마만큼이나 자신의 '이름값'에 걸맞지 않게 자유롭고 허술하며 유머러스한 사람인지 금방 알 수 있게 되었다.

어쨌거나 그때 그곳에 함께 갔던 것이 무슨 인연의 시작인지 그 후 나는 내내 박완서라는 중력장에서 헤어나지 못한 채 세상의 구석구석을 함께 떠돌아다닐 운명을 맞게 되었다.

마치 태양 주변을 맴돌며 태양과 함께 우주를 유영하는 행성들처럼 그이와 함께 세상을 보고, 그이와 함께 낯선 거리에서 버스를 타고, 그이와 함께 어느 거리 모퉁이에선가 비를 맞으며 많은 곳을 떠돌아다녔다.

나의 여행 앨범 속에는 거의 대부분이라고 해도 과언이 아닐 정도로 그이와 함께 돌아다닌 사진이 주를 이루고 있다. 처음에는 박완서 선생과 함께 찍은 사진이라 아내도 귀하게 여겨 잘 보관하는 눈치였지만 나중에는 굴러다니는 것이 온통 그이와 찍은 사진이니 지금은 도통 귀한 줄을 모르게 되었을 정도였다.

돌이켜보니 무슨 역마살 낀 사람들끼리 만났는지 우리는 마치 기다렸다는 듯이 어울려 세상 이곳저곳 잘도, 많이도 싸돌아다녔다. 여기서 우리란 선생님과 나, 그리고 그이의 여행 짝꿍인 이경자 선배랑 시인이며 동시에 사진작가이기도 한 민병일 씨를 말한다.

우리는 함께 때로는 흙바람이 불어오는 티베트의 고원을 지나가기도 했고, 때로는 폭염이 퍼붓는 사막 길을 걸어가기도 하고, 때로는 꽃 피고 비 내리는 봄날, 항저우(杭州)의 시후(西湖) 호수를 거닐기도 했으며, 멀리 체코 프라하에서 카프카의 집을 찾아 기웃거리기도 했다.

나는 유난히 아침 잠이 없는 사람이어서 새벽같이 깨어나서 체조도 하고 노래도 부르다가 하릴없이 그이의 방을 찾아가면 그이 역시 일찍 일어나서 책을 보고 있거나 무언가를 적고 계셨다. 내겐 여행 중에 그 시간이 가장 좋았다.

그이와 함께 세상 이야기, 살아가는 이야기 등을 떠오르는 대로 가장 가까이서 나눌 수 있는 기회였기 때문이다. 내가 아둔하여 그때 나누었던 이야기를 모두 기억할 수 없는 것이 안타깝지만 그이의 지혜로움과 강함, 놀라운 통찰력과 그럼에도 불구하고 생에 대

소설가 박완서 선생과 함께

한 겸손함은 언제나 내게 큰 감명을 주곤 하였다.

　그이는 크지도 작지도 않은 분명한 어조로 말을 했지만 그렇다고 자신의 권위를 내세우거나 젠체하는 태도는 조금도 없었다. 그이는 연설을 하기보다는 일상적인 대화를 나누듯이 말하는 것을 더 좋아했다. 그이는 다른 사람의 말을 잘 경청하였고, 상대방의 뜻을 충분히 이해한 다음 자신의 생각을 조리 있게, 어떤 때는 약간 차갑게 느껴질 정도로 함축적으로 짤막하게 말하곤 했다. 나는 그이의 균형 있는 시선을 통해 세상의 이면을 바라보는 법을 배웠고, 나이 들어가는 것이 결코 쉽지도 어렵지도 않은 일은 아니라는 것도 배웠으며, 쉴 새 없이 분출하는 정신의 부지런함에 대해서도 배웠다.

　그이에겐 나와의 여행이 단지 풍경의 여행에 불과했을지 모르지만 내겐 박완서라는 커다란 산을 함께 여행하는 기회이기도 했던 것이다.

　십 남매의 아홉 번째로 태어난 나는 어려서 이미 늙으셨던 아버지의 약방을 겸한 사랑방에서 노인네들 틈에서 자랐기 때문에 나이 든 분들과 이야기를 하고 있으면 참 편안한 느낌이 드는데 그이와의 대화는 그 이상의 기쁨을 주곤 했다. 그이의 둘째 딸이 나와 동갑내기이니 내겐 그이가 어머니나 다름이 없을 터이다.

　사실 소설쟁이란 게 얼마나 모진 인간들인가.

겉으론 다들 허름해 보이지만 알고 보면 소설쟁이들만 한 독종들도 없을 것이다. 가슴을 열고 보면 거의가 한(恨) 덩어리요 상처투성이인 게 소설쟁이들이다. 그러니까 문자 그대로 뼈를 깎고 피를 말리는 작업을 천직으로 생각하며 살아갈 수 있는지도 모른다. 그래서 그런지 백 미터 정도 밖에서 대충 만나면 참 재미있는 인간들도 많지만 가까이 가면 갈수록 면도날처럼 날카로워 곧장 남에게 상처를 입히게 마련인 게 바로 그 작가라는 종족들인 것이다.

더구나 자신의 명망에 들뜬 작가들 중에는 얼마나 독선적이며 자기중심적인 인간들이 많은지 모른다. 그이 역시 그랬을지 모른다. 그이의 초기 작품들 속에서는 오늘날의 그이를 그이답게 만든 신랄하고 날카로우며 남의 허를 찌르는 문구들을 얼마든지 발견할 수 있기 때문이다. 그이가 강퍅한 세월을 지나오면서도 이데올로기적으로 어느 한 곳에 치중되지 않고 놀라운 균형을 보여줄 수 있었던 것도 어쩌면 그러한 냉소적 우월감이 그이의 가슴 어딘가에 자리 잡고 있기 때문인지도 모른다.

수많은 별들이 뜨고 지는 동안, 등단 이래 삼십여 년간 그이가 누려온 문학적 영광과 성과는 실로 경이적이라 하지 않을 수 없을 것이다.

하지만 그이는 가까이 가면 갈수록 남에게 상처를 주기는커녕 민망하리만큼 겸손하며 종교적이리만큼 검약하다는 것을 금세 느낄 수가 있다. 전쟁을 겪은 그이의 세대엔 너 나 할 것 없이 한도 많고 상처도 많을 터이지만 그이에겐 또 그이대로의 견디기 힘든 세월이 있었을 것이다.

그런 일들이 그이에게 생에 대한 겸손과 세속적 영광에 대한 초월적 인식을 심어주었는지도 모른다.

언젠가 중국 상하이(上海)를 방문했을 때 마침 김대건 신부가 처음 영세를 받았던 성당에서 마지막 미사를 본다기에 함께 미사를 드리러 간 적이 있었다.

작고 낡고 허름한 성당에는 그 건물처럼 낡고 남루한 차림의 중국인 할아버지 할머니와 우리 교포 몇몇이 모여 미사를 드리는데 그이 역시 하얀 미사포를 쓰고 그 속에 앉아 함께 미사를 보는 모습을 보았다. 그리고 독일의 어느 성당에선가도 촛불을 켜고 꿇어앉아 기도드리는 그이의 모습을 먼발치에서 지켜본 적도 있다. 내겐 그이의 그런 모습이 너무나 아름답고 경건해 보여 내내 한 컷의 사진처럼 머릿속에서 지워지지 않는다.

그이가 자신의 문학적 명망과 세속적 영광에 연연하지 않는다는 것을 이야기하라면 그 외에도 얼마든지 할 수가 있다. 몇 해 전이었던가. 이제 선생님께서도 연로하시니 비록 강건하시나 언제 어떻게 될지 모르니까 선생님 고향인 개성에 가까운 파주 교하리 부근에 작은 터를 마련하여 노년에 사시다가 돌아가시고 나면 후학들이 와서 기념할 수 있는 문학관을 지으면 어떻겠느냐는 청을 드렸다.

은자의 황혼

사실 지금 사시는 아차산 발치께가 처음엔 드문드문 집이 들어서 있어, 봄철이면 논에는 개구리가 울고 길가에는 살구꽃 벚꽃이 자욱하게 피곤했는데 그 후 막무가내로 집들이 들어서는 바람에 여간 번잡스럽지가 않은 터였다.

교하리는 또한 선생님께서 전쟁 때 피란살이를 하던 곳이기도 했다.

처음엔 어떨까 하고 생각하던 눈치였지만 잠시 뒤 그이는 고개를 흔들며 말했다.

"난 아무런 것도 남기고 싶지 않아요. 작가는 죽고 나면 작품으로만 남으면 돼. 그 작품조차 살아남을 작품만 살아남을 테지만…… 그게 이 세상의 이치며 시간의 법칙이거든."

그런 그이였던지라 일흔 되는 해, 후배들의 글을 모아 작은 문집이라도 만들어드려야겠다는 계획에도 그이는 단호하고도 분명한 어조로 거부하였다. 그이는 자신이 너무 많은 상을 받고 너무 많은 존중을 받는 것에도 늘 죄스런 마음을 가지고 있는 것처럼 보였다.

그이와 함께 여행을 하고 있으면 어딜 가나 반갑게 다가와 인사를 하는 사람을 만나게 마련이다.

"어마나, 박완서 선생님 아니세요!"

그렇게 반색을 하는 아주머니.

"혹시 박완서 선생님……?"

소설가 박완서 선생과 함께

그렇게 주저하며 인사를 건네는 중년의 아저씨들…….

직업도 가지가지, 연령도 층층이다.

사실 그이의 이름은 어느덧 특정한 어떤 개인에게 지워진 명칭이 아니라, 보통명사가 되어버렸는지도 모른다. 어떤 사람의 이름 속에는 그 개인의 역사뿐만 아니라 그가 속한 집단의 보편적 삶이 담겨 있는 경우가 있는데 박완서라는 이름이 바로 그런 경우에 속할 것이다.

그야말로 '대한민국 박완서'인 셈이다.

내게 인상적인 것은 그이의 소녀처럼 약간 수줍은 듯 활짝 웃는 웃음과 조근조근한 말씨 외에도 걸음걸이가 있다. 옛말에 걸음걸이를 보면 그의 내력과 수양 정도를 알 수 있다는 말도 있지만 허리를 꼿꼿하게 펴고 보폭이 약간 넓게 휘적휘적 걸어가곤 하는 모습은 그이가 연세에 비해 뭔지 모르게 활달하다는 느낌을 주곤 했다.

그런 걸음걸이를 보면 그이가 자신의 명망에 걸맞은 당당함과 자신감에 차 있다는 것을 금방 느낄 수가 있다. 그런가 하면 어떤 때는 양쪽 어깨를 약간 추켜올리고 뒷짐을 진 채 고개를 숙이고 무언가 골똘히 생각하는 사람처럼 천천히 걸어가기도 한다.

처음 우리가 만났던 보길도의 아침 저 멀리 돌계단을 걸어 내려오실 때도 그랬고, 티베트의 청유릿빛 호숫가를 거닐 때도 그랬다. 나는 사실 그이의 그런 모습이 더 좋아 보였는데 그이의 그런 모습

속에는 기쁨과 고통을 모두 통과해 마침내 삶의 정상에 이른 인간의 진정한 아름다움과 위엄이 배어 있는 것 같기 때문이다.

어떤 평론가는 그의 존재는 우리 문학사의 한 축복이라고 한다. 그리고 또 어떤 이는 그이야말로 진정한 의미에서 예술성과 대중성을 함께 획득한 보기 드문 작가라고 하기도 한다.

그럴지도 모른다. 아니, 그럴 것이다. 우리 문학판에서 삼십여 년을 변함없이 좋은 작품을 발표하며 많은 독자들로부터 변함없는 사랑을 받는 사람은 남녀 작가를 불문하고 그이를 제외하곤 드물 것이기 때문이다.

하지만 그이는 결코 높은 곳에 혼자 앉아 있지 않다. 마음만 먹으면 지하철 등에서 누구나 쉽게 그이를 만나볼 수가 있을 것이다. 운이 좋으면 인사동의 찻집 같은 데서 약간 뻐드렁니 진 하얀 이빨을 드러내고 자주 웃음을 터뜨리기도 하고, 사소한 이야기를 가지고 시끄럽게 수다를 떠는 모습도 볼 수가 있을 것이다.

그이는 자신의 이름 뒤에 숨지 않으며 위선과 위악으로부터도 자유로운 사람이다. 그리고 그이는 이 땅에 살아가는 모든 중생들이 자신의 피붙이나 다름없으며 누구도 그 전체의 운명으로부터 자유로울 수 없다는 것을 잘 알고 있다. 그것이야말로 그이의 문학이 긴 세월 동안 기복 없이 끊임없는 사랑을 받는 진정한 힘인지도 모른다.

언젠가 중국 운남성 리장(麗江)의 낡은 이 층 여관에서 비 내리던 아침, 그이의 방을 찾아가 두런두런 이야기를 나누던 장면이 마치 먼 전생의 일처럼 떠오른다. 그이를 만나 짧지만 긴 길을 그이 뒤를 따라 함께 걸어온 것만 해도 나는 더 이상 바랄 바 없는 큰 행운을 누리고 있는 건 아닌지 모르겠다.

은자의 황혼
— 아동문학가 권정생 선생을 찾아서

권정생 선생하면 『몽실 언니』를 지은 작가로, 또 교과서에도 나오는 동화 「강아지 똥」의 작가로 널리 알려져 있어 지금은 모르는 사람이 거의 없을 정도가 되었지만, 그때는 그의 이름을 아는 사람이 드물었다.

그를 내게 처음 소개해주신 분은 작고하신 이오덕 선생이다. 이오덕 선생은 주지하다시피 평생 동안 우리나라 아동문학의 뿌리와 줄기를 정립하고 더불어 글쓰기 운동에 혼신을 다하신 분이다. 그가 처음 아이들 글을 모아 펴낸 동시집 『우리도 크면 농부가 되겠지』는 소공자, 소공녀풍의 아동 독서 풍토에 일대 충격을 준 책이었다.

이오덕 선생을 처음 만난 것은 80년대 초, 내가 아무개 출판사 편집장을 지낼 때였으니 삼십 년이 훌쩍 넘어서고 있는 셈이다. 그때 나는 『어린이 마을』이라는 아동용 종합지를 만들고 있었는데,

그 속에 들어갈 동화를 좀 추천해달랬더니 서슴없이 바로 권 선생의 그「강아지 똥」을 추천해주셨던 것이다.

그리고 덧붙여서 하는 말씀이, 그이는 시골의 작은 교회에서 종지기를 하며 지내는데, 거처가 되는 작은 방에는 생쥐가 와서 함께 밥을 얻어먹고 가는가 하면 여름에는 함께 자도 유독 그이에게만은 모기가 물지 않는다는 것이었다.

나는 속으로 약간 반신반의하였지만 이오덕 선생이 누군가. 그런 농담이나 실없는 소리를 하고 다니실 분이 절대로 아니라는 건 삼척동자도 다 아는, 일면 고지식하기 짝이 없는 어른이 아니던가.

아무튼 나는 약간 긴「강아지 똥」을 저학년 아이들이 읽기 쉽게 다소 줄이고 다듬었는데, 제목 그대로 가장 하잘것없는 강아지 똥이라 하더라도 쓸모가 있는 존재여서 마침내 민들레의 거름이 되어 다시 꽃으로 환하게 피어난다는 내용을 담고 있었다. 아무튼 줄인 내용을 가지고 작가 본인에게 허락받기 위해, 그리고 겸하여 인사도 드릴까 하여, 권 선생더러 서울 나들이라도 한번 하셨으면 좋겠다고 했는데, 이오덕 선생의 말씀인즉슨 권 선생 본인은 몸이 불편하셔서 수십 년째 일체 먼 길 외출을 삼가시고 있다는 것이었다.

그래서 할 수 없이 나는 줄인 원고를 들고 그이가 계신 안동으로 내려가지 않을 수가 없었다.

때는 바야흐로 추수도 끝난 지 한참 지난 어느 늦가을 무렵이었다.

나는 예의를 차린답시고 평소에 하지 않던 양복에 넥타이까지 한 정장 차림으로 버스를 타고 이오덕 선생이 막연하게 가르쳐주신 주소를 따라 권 선생을 찾아 떠났다. 그런데 이오덕 선생이 가르쳐주신 주소로 말할 것 같으면, 안동에 가서 김 서방을 찾아보라는 것과 다를 바가 없었으니, 말하자면 안동군 일직면 면 소재지 부근에 가서 거기 교회에서 종지기를 하는 동화작가 권 아무개를 찾아 물어보라는 것이었다. 나는 나대로 그런 것을 꼬치꼬치 묻고 점검하는 스타일이 아니어서 가보면 만나겠지, 하는 심정으로 그냥 나섰던 것이다.

지금은 고속도로가 사방팔방으로 뚫려 지방 어디를 가든 휑하니, 몇 시간이면 갈 수 있을 터지만 그때만 해도 안동을 가려면 버스를 타고 지방 도로를 따라 온종일을 달려야 했다. 코스모스가 피어 있는 국도에는 늦가을 햇살이 눈부시게 비치고 있었다.

안동에 도착하여 다시 일직면 가는 버스로 갈아타고 한참을 달려서 어딘가에서 내렸다.

그러고 나니 약간 황당한 느낌이 들었다.

지금처럼 핸드폰이라도 있으면 모를까, 어디 가서 물어볼 마땅한 데도 없었다.

그래서 우선 다짜고짜 아무 구멍가게나 들어가서 이 부근에 동화 쓰시는 권 아무개 선생이라는 분 있어요? 하고 물었더니 가게 안에 앉아 있던 촌로들 몇이 고개를 외로 틀고 서로 바라보며 눈만

껌벅거릴 뿐이었다.

"교회에서 종을 치며 사신다고 들었는데……."

나는 그이들의 눈빛을 불안하게 바라보며 말끝을 흐렸다.

"가만있자…… 저어기 사는 그 영감인지 몰라."

그러고는 안노인 한 분이 일어나 문밖으로 나오며 길 끝 어딘가를 가리키셨다.

감나무가 심어진 길 따라 가면 마늘밭이 나오고 그 밭 옆으로 조금 더 가면 교회 십자가가 보일 것인즉 거기로 가보라는 것이었다. 나는 무거운 가방을 어깨에 멘 채 땀을 뻘뻘 흘리며 안노인이 가리켜준 대로 한참 동안 걸어갔다.

과연 저만치에 양철 지붕 끝에 얌전히 고개를 내밀고 있는 십자가 하나가 보였다. 그곳으로 가보니 가꾸어진 교회라기보다는 그저 허름한 농가처럼 생긴 작은 건물과 옛날식 종루가 서 있는 비좁은 마당이 나타났다.

나는 마치 첫 도둑질에 나선 초짜배기 도둑처럼 조심스럽게 마당 안으로 들어갔다.

그때 작은 마당에 붙은 방의 툇마루에 늙수레한 남자 어른이 혼자 앉아 있는 게 보였다. 허름한 옷에 고무신을 신은 그는 비쩍 말랐지만 한눈에도 매우 기품 있고 평화로운 인상을 한 사람이었다. 나는 첫눈에 그가 바로 하루 종일 버스를 타고 내가 찾아왔던, 바로 그 권정생 선생이라는 것을 알았다. 그와의 첫 만남은 이렇게 하여 이루어졌다.

권 선생은 내가 서울 출판사에서 원고 허락차 내려왔다는 이야기를 듣고 방으로 들어가자고 했다. 나는 신발을 벗고 그를 따라 안으로 들어갔다. 그런데 그의 어두컴컴한 방은 사방이 온통 책꽂이 없이 아슬아슬하게 쌓아둔 책 때문에 그나마 비좁은 방이 겨우 두 사람이 앉아 있는데도 무릎이 서로 닿을 정도였다.

윗목에는 일인용 밥통 하나와 그릇 몇 개, 고무줄로 배터리를 뒤에서 묶어놓은 낡은 라디오 하나가 있었는데 얼른 보아도 살림은 그게 전부였다.

나중에 이야기를 들었더니 과연 이오덕 선생의 말씀대로 그이가 식사할 무렵이면 생쥐 한 마리가 쪼르르 달려 나와 함께 밥을 먹고 가곤 한다는 것이다. 어둑한 방에는 오래된 책에서 풍기는 독특한 내음이 은은하게 감돌고 있었다.

나는 나의 양복 차림이 어쩐지 이 방의 분위기와는 어울리지 않는다는 생각을 하며 가방에서 가져온 원고를 꺼내 선생에게 보여드렸다. 그이는 돋보기를 쓰고 가만히 원고를 훑어보더니 고개를 끄덕이셨다. 됐다는 뜻이었다.

나는 속으로 출장(?) 온 보람을 느끼며 호주머니에서 원고료가 든 봉투를 꺼내어 그이에게 드렸다. 그때로서는 꽤 큰 원고료라 은근히 뽐내는 마음이 없지 않았을 것이다.

그런데 봉투를 열어본 그이가 대뜸 하시는 말이, 원고료가 왜 이렇게 많으냐는 것이었다.

"예?"

나는 의아한 표정으로 그이를 쳐다보았다.

지금까지 원고료가 적다고 불만을 표하는 필자는 수없이 많이 봐왔지만 원고료가 많다고 뭐라 하는 사람은 처음 봤기 때문이다.

그리고 나서 권 선생은 이어서 혼잣말처럼 중얼거렸다.

"배추 한 포기 값이 얼만데……."

그러니까 배추 한 포기에 드는 농사꾼의 품에 비해 자신의 원고료는 터무니없이 높다는 뜻이 아니겠는가. 그러고는 봉투를 아무렇게나 쌓아놓은 책 위에 던져놓으셨다.

나는 본의 아니게 죄지은 꼴이 되어 앉아 있었다. 더구나 양복쟁이의 반지르르한 나의 외모가 더욱 나를 어색하게 만들었다. 하지만 가슴 안쪽 어드메선가 어쩐지 통쾌한 웃음 같은 것이 흘러나오는 것을 느끼지 않을 수 없었다. 마치 느끼한 양식 종류를 먹고 나서 깍두기 김치 한 조각을 와드득 씹어 먹는 느낌이었다.

아무런 장식도, 물건도 없이, 단지 책 몇 권만 놓인 가난한 방…….

나는 그의 그 방에서 오래간만에 어떤 위안이나 평화 같은 걸 느꼈다.

나중의 일이지만, 어느 방송국에서 〈느낌표〉라는 것을 기획한

적이 있었다. 그 속에 책 추천하는 코너가 있는데 여기에 한 번 선정되면 수십만 부의 책이 순식간에 나가는 것이 관례였다. 말하자면 출판사나 저자나 갑자기 돈방석에 앉는다는 것이었다. 물론 그 중에 삼분의 이 이상을 벽지 도서관 건립에 희사하게 되어 있지만 그리고 나서도 남는 것이 보통 억 대는 넘는다는 소문이 있었다.

그런데 여기서 권 선생의 아무개 책이 선정되었던 것이다.

방송사 피디는 자랑스럽게, 그리고 약간은 거만한 마음으로, 그 사실을 알리려고 그이에게 전화를 넣었다. 그런데 권 선생은 일언지하 거절하였다고 한다.

당황한 것은 피디였다. 설명을 하고 사정을 하였지만 대답은 끝내 노였다. 자신의 책이 상업적으로 이용되는 것에 대한 단호한 거부였다. 이것은 출판계에 적지 않은 화제가 되었던 너무나 유명한 일화 중의 하나이다. 아마 그 피디 역시 내가 이십여 년 전 그날 맞았던 그 당혹감을 맛보았을지 모른다.

다시 옛날로 돌아가서……

얼마의 시간이 흘렀을까.

말없이 앉아 있던 나는 목적도 이루었겠다, 시간도 어느 정도 되어 이제 나오려고 하자 그이가 먼저 일어나시더니 선반에서 부스럭거리며 무언가를 꺼내는 것이었다.

"먼 길 오셨는데 대접해드릴 것도 없고…… 가면서 입맛이나 다시구려."

하며 주시는데, 무언가 하고 보니 대꼬챙이에 곱게 꿴 곶감 꾸러미였다.

나는 내가 좋아하는 곶감인지라 언감생심 얼른 받아서 가방에다 넣었다. 그러고 나서 우리는 밖으로 나왔다. 그이는 고무신을 끌고 버스가 오는 한길까지 뒤따라 마중을 나와주셨다. 벌써 오후도 기울어 날이 저물어오고 있었다.

우리는 버스를 기다려 한길 가에 무심히 서 있었는데, 마침 저녁노을이 길가 탱자나무 울타리 위로 붉게 무너지고 있었다. 권 선생의 흰머리 위에도 노을이 물들었다. 차갑지만 선선한 바람이 한길을 따라 불어왔다. 황혼에 물든 그이의 흰머리칼이 바람에 나부꼈다.

은자의 머리카락이 있다면 바로 그런 것이리라.

나는 이오덕 선생이랑 『혼자만 잘 살면 무슨 재민겨』를 쓰셨던 전우익 선생과 권정생 선생, 이 세 분을 일컬어 영남삼현(嶺南三賢)이라 부르고 싶다. 그분들을 보면 마치 이 산하의 도처에 굳건하게 자리를 지키고 아름답게 늙어가는 고목과 같은 느낌을 받곤 한다.

고집불통인 이오덕 선생은 자신의 충주 돌집 한쪽에 권정생 선생을 위해 손수 흙집을 지었다. 불편한 몸을 감안하셔서 정말 아늑하고 편한 공간을 마련해놓았던 것이다. 그런 두 분의 우정으로 말하자면 관포지교에 비할 바가 아닐 것이다. 하지만 권 선생은 죽을 때까지 그 비좁은 교회 종지기 방에서 벗어나지 않았다고 한다.

젊은 시절 콩팥과 방광 결핵 수술을 받고 단지 석 달만 살면 잘 살 거라는 의사의 판정에도 불구하고 그는 그 후에도 오랫동안 자신과 가난한 이웃, 그리고『몽실 언니』에 나오는 것처럼 불행했던 이 나라의 역사를 사랑하며 사시다가 돌아가셨다.

나는 그이의 가난과 낮은 마음이 오랫동안 그의 생명을 지켜주었던 소중한 자산이었을 거라고 생각한다. 누구나 너무나 쉽게 가질 수도 있지만 그러나 아무도 쉽게 가질 수 없는 자산이다. 이 세상의 어떤 명예와 권력도 그이의 마음을 흔들 수 없을 것이다.

다음은 권 선생께서 이십여 년 전 동화집『강아지 똥』의 서문에 쓰셨던 글이다.

거지가 글을 썼습니다. 전쟁 마당이 되어버린 세상에서 얻어먹기란 그렇게 쉽지가 않았습니다. 어찌나 배고프고 목말라 지쳐버린 끝에 참다못해 터뜨린 울음소리가 글이 되었으니 글다운 글이 못 됩니다. 너무도 불쌍하게 사시다 돌아가신 어머님께 이 책을 바칩니다.

† 그때 내가 줄여서 쓴 「강아지 똥」은 그 후 초등학교 교과서에 수록되었다.

은자의 황혼

엄마 하느님
― 소설가 남정현 선생과 함께

2005년 남북작가회담 참가차 평양을 방문하는 동안 나는 내내 소설가 남정현 선생과 한 방을 썼다. 분단 육십 년 만에 열리는 남북한 작가 간의 첫 만남이라 다들 긴장된 모습들이었다.

더구나 소설 『분지』로 60년대 중반 국가보안법 위반에 걸려 모진 필화 사건을 당하셨던 남 선생으로서는 무척 감회가 깊으셨을 것이었다.

그런데 내가 이런 남 선생과 한 방을 쓰게 된 까닭은 순전히 집행부에서 연세도 많고 몸도 약한 남 선생을 여행 기간 내내 가까이에서 보필할 수 있는 적임자로 나를 지목하였기 때문이다. 나로서야 언감생심 감사한 일이었는데, 사실 선생을 오랫동안 봐왔지만 긴 시간 가까이에서 함께 지낼 수 있는 기회는 거의 없었기 때문이다. 그럼에도 불구하고 다른 사람들의 눈에는 내가 좀 안되어 보였던 모양이다.

아침마다 식사 때 모이면 먼저 남 선생의 건강에 대해서 묻고 다음에는 내가 그런 궂은(?)일을 맡아서 하는 것에 대해 칭찬 비슷한 것을 늘어놓는 것이었다. 사실 집행부의 예측대로 몸이 워낙 약한 탓인지 남 선생은 평양에 도착하는 날부터 내내 설사로 고생을 하셨다.

더구나 둘째 날에 점심으로 대동강변 옥류관에서 그 유명한 냉면을 먹었는데, 잘 씹지 못하는 남 선생은 냉면을 그냥 삼키셨던 모양이다. 호텔에 돌아오는 순간부터 변소 출입이 잦으시더니 밤새 끙끙 소리를 내며 앓으셨다.

남 선생이 부인과 사별하고 혼자가 되신 지도 벌써 십 년이 다 되어갔다. 부인이라도 계셨으면 얼마나 좋았을까. 남 선생의 부인 신순남 여사는 경북 김천여고를 수석으로 졸업하고 서울대 영문과를 나온 당시 보기 드문 수재셨다. 초창기 KBS 방송의 전속 번역가로 삼십여 년을 일하는 동안 우리가 자주 보곤 했던 〈주말의 명화〉 등의 외화 번역을 통째로 맡아서 하신 뛰어난 번역가이자 방송계의 산 역사이기도 한 분이다. 하지만 몇 년 전에 들른 쌍문동 남 선생의 집은 부인이 떠나고 나서 남 선생 혼자 지키고 있을 뿐이었다. 이재와는 아예 담을 쌓고 사는 분인지라 사십여 년째 산다는 코딱지만 한 집은 작고 초라하기 그지없었다.

남 선생은 부인 이야기만 나오면,

"그 친구, 나 땜에 참 고생이 많았어요. 방송계에 그렇게 오래 있었지만 늘 임시직에 박봉이었으니까. 나야 작가라지만 김 선생도 알다시피 잘 팔리는 작가도 아니잖아요. 그런 데다 『분지』 이후 원고 청탁 한 군데 들어오지 않았으니까."

하며 쓸쓸한 표정을 짓곤 하셨다.

우리나라 최초의 필화 사건으로 기록되는 소설 『분지』는 북한의 『노동일보』에 전재가 되었고 그것으로 남 선생은 당시 5 · 16 군사정변 이후 막 김종필에 의해 발족된 중앙정보부에 간첩 혐의로 끌려가 두 달여간 도저히 인간으로서 당할 수 없는 고통을 당하였다.

남 선생은 아직 아무에게도 말하지 않았다며 그때 끌려갔던 이야기를 마치 동화라도 들려주듯 나지막하고 작은 목소리로 들려주었다.

"남산 입구 을지로 호텔 무슨 기업이라는 간판이 걸려 있는 곳으로 끌려갔어요. 두 남자와 나란히 말이오. 문이 열리자 두 남자는 사라지고 그 대신 넓은 방 저 안쪽에 어떤 웃통을 벗은 건장한 사내가 하나 마치 스님들이 쓰시는 주장자 같은 몽둥이를 들고 의자에 앉아서 내가 들어서자마자 바닥을 내리치며 커다란 목소리로 소리를 지르는 것이었어요. '네가 남정현이냐!' 하고 말이오. 나는 그 순간 이게 무슨 꿈이지 하고 생각했어요. 순간, 정신이 아득해졌지 뭐요. 그러자 다음 순간 그 목소리가 다시 바닥을 몽둥이로 내리치며 말하는 것이었어요. '벗어라!' 하고 말이오. 허허."

그때가 60년대 중반이니 누가 있어 그를 지켜주겠는가. 참으로 적막강산이었을 것이다. 또한 참으로 무지막지한 세월이었다. 작고 가벼운 몸 위로 무서운 고문이 이어졌다. 이번 여행길에서 가장 나이가 많으신 시인 이기형 선생이 곁에서 해준 말에 의하면 나중엔 꼬챙이에 똥을 찍어 먹으라고 내밀더라는 것이다.

그러나 그런 고통도 강요된 절필의 고통보다도 더하지는 않았을 것이다. 국내외에서 비상한 관심을 불러일으키자 군사정권은 마지못해 일심에서 풀어주었지만 풀려나고도 근 이 년을 아무 할 일도 없이 마치 출퇴근이라도 하듯이 검찰청사로 아침에 불려갔다 저녁에 돌아오는 일을 계속하였는데 담당 검사가 말하길,

"당신은 이제 더 이상 글을 써서는 안 된다. 만일 어떤 글이라도 쓰면 그땐 당신의 손목을 분질러놓겠다. 그런 건 재판 없이도 얼마든지 가능한 일이다. 알겠는가?"

했는데 그 이야기를 하면서 남선생은 그때 검사의 말이 전혀 농담같이 들리지 않더라는 것이다. 그리고 그들이 실제로 얼마나 손목을 밟아놓았는지 지금도 흉터가 남아 있었다. 나 역시 고문의 상처가 몸 어딘가에 아직도 남아 있지만, 아아, 인간이란 동물의 내면에 숨겨져 있는 저 야만의 얼굴은 과연 무엇으로부터 비롯된 것일까.

그이가 쓴 작품 중에 「세상의 그 끝에서」라는 단편이 있는데 여기에 나오는 주인공은 밤새 자기가 써놓은 글을 모두 지워버리는 일을 매일 아침마다 자행하는 괴롭고 처절한 인간이다. 당시 작가

엄마 하느님

자신의 모습을 그린 것일 터였다. 80년대가 시작되자 그이는 다시 아무런 관계도 없는 민청학련 사건으로 끌려가 다시 그와 같은 고통을 당하지 않으면 안 되었는데 그땐 정말 자신의 손목을 분질러 놓을 줄 알았다는 것이었다.

"이젠 다 지난 이야기지요, 뭐. 누구에게도 이런 이야기 더 안 해요. 그게 다 우리 민족이 젊어진 멍에 때문인 걸 어쩌겠어요. 다만 소망이 있다면 그저 더 이상 우리 민족이 서로 싸우지 않고 잘 사는 것뿐이에요."

이쯤에서 고백하자면 나는 사실 여행 내내 이런 남정현 선생과 함께 지낼 수 있는 시간에 감사를 했다. 겨우 39킬로그램에서 40킬로그램을 오가는 이 자그마한 몸뚱이에 새겨져 있는 역사의 무게가 결코 만만치 않은 이유도 있었지만 그이의 끝없이 너그러운 성품과 참을성, 겸손함은 그 누구에게서도 볼 수 없는 미덕이었기 때문이다.

그이는 참으로 겸손하였다. 그리고 그이는 누구 앞에서도 크게 소리를 지르거나 자기주장을 펴지도 않았다. 하지만 나는 그이에게서 진정으로 강한 인간의 아름다움을 느낄 수가 있었다. 많은 북한 측 작가들이 함께 갔던 기라성 같은 남쪽의 작가들을 제치고 남 선생에게만은 진정으로 존경의 예를 표하는 것을 나는 곁에서 여러 번 보았다.

『장자』 외편(外篇) 달생편(達生篇)에 보면 목계(木鷄)에 대한 이야기가 나온다.

기성자라는 사람이 임금을 위해 싸움닭을 길렀다. 열흘이 지난 후 임금이 됐느냐 물으니, "아직 멀었습니다. 제 기운만 믿고 씩씩거립니다."라고 대답했다.

다시 열흘 후 물으니, "아직 멀었습니다. 다른 닭을 보면 사납게 눈을 흘깁니다."고 대답했다. 이렇게 하여 다시 얼마간의 시간이 흐른 후 임금이 물으니 비로소 대답했다.

"이제는 됐습니다. 다른 닭이 덤벼도 마치 나무로 깎은 닭처럼 고요할 뿐입니다."

하고 대답했다.

이 나무로 깎은 닭, 즉 목계(木鷄)의 경지야말로 진정으로 고수다운 경지가 아닐까. 나는 질풍노도와 같은 지난 시절을 달려오는 동안 이 목계의 경지에 이른 사람을 더러 보곤 했는데, 여기 남 선생도 그런 사람 중의 하나가 틀림없을 것이었다.

그이는 북의 작가들이 어려움 속에서도 우리를 정성껏 따뜻하게 환대해주는 것에 늘 감사를 잊지 않았다. 북의 작가들뿐만 아니라 이 땅에 생명을 붙이고 살아가는 모든 것에 대해 진정으로 감사하고 사랑의 마음을 표현하곤 했다. 그이의 마음으로 보면 이 세상에는 이해하지 못할 것도, 용서하지 못할 것도 없는 것처럼 보였다.

북쪽에 갔다 온 이야기하는 김에 한 가지 더 하자면 이기형 선생이 오는 날 점심, 북에 있는 아들과 딸을 만나기로 했다고 했다. 89세의 이기형 선생으로서는 그것이 마지막 길이 될 것 같아서 다들 축하를 드리는 기분으로 기다리고 있었다. 전날 저녁 호텔 선물 가게에서 만났더니 내 손을 잡고, "김 선생, 사고 싶은 것 있으면 사. 내가 사줄게. 뭐든지 사." 하고 말씀하시기에 나도 돈이 있다고 했더니, "아냐. 내가 사줄게. 낼이면 내 아들을 만나. 딸도 만나고……. 이까짓 돈이 뭐가 필요 있어. 사. 맘대로 사."라고 그러셨다.

그런데 될 듯싶었던 그 만남이 끝내 무산되고 말았다. 우리가 어디 갔다 왔더니 이 선생이 풀이 죽은 채 울고 있었다. 이기형 선생과 가장 가까운 사람이 남 선생이라 얼른 남 선생이 달려가 손을 잡고 위로를 하셨지만 돌아오는 비행기에서도 내내 이 선생의 풀죽은 모습은 살아나지 않았다. 언젠가는 이런 아픔도 사라지는 날이 와야 할 것이다.

(나중에 들은 또 다른 이야기는 그때 이기형 선생이 북의 아들과 딸을 만났다고 했다. 만남보다 헤어짐이 더 어려워 그랬는지 모른다. 이제 이 세상에 계시지 않으니 확인할 길이 없다.)

다시 처음의 남정현 선생 이야기로 돌아가자면,

며칠 후 북한 측의 호의로 새벽에 백두산을 올라가게 된 날이었다. 물론 정상 부근까지는 차로 가지만 남 선생은 영 자신이 없어

하셨고 나도 혹시 무슨 일이 일어날까 봐 권하지도, 그렇다고 이곳까지 와서 천지를 바라보는 일이 이제 언제 또 있을까 생각하니 말리지도 못하는 신세로 남 선생의 눈치만 보고 있었다.

도착 처음부터 전날까지 그이가 든 음식이라고는 공깃밥 한 그릇도 못 되었을 터인데 그나마 잦은 설사로 몸이 말이 아니었다. 그러나 남 선생은 결국 같이 올라가는 것으로 결론을 내렸다. 죽을 때 죽더라도 이 기회를 놓쳐서는 안 된다는 마음에 그런 결단을 내리셨던 것이다.

과연 중국 연길에서 올라가는 길과는 달리 새벽, 울울창창한 밀림 길을 따라 백두산으로 올라가는 길은 그야말로 참으로 신비롭다 못해 숨이 막힐 지경이었다. 안개 속에 아름드리 나무들이 빽빽하게 나있는 좁은 사잇길로 올라가 그 옛날 김일성 장군이 빨치산 활동을 했다는 밀영(密營) 흔적을 둘러보고 다시 정상으로 향했다.

모든 것이 잘 되었다.

남 선생은 우리와 함께 약간 세찬 바람이 불긴 했지만 장엄한 해돋이 풍경과 천년의 기운을 담고 있는 천지를 볼 수 있었다. 그 순간 그이의 가슴속에서 출렁이었을 감동을 생각하면 나마저 가슴이 설레지 않을 수 없었다. 어쨌든 우리는 모든 여행을 북녘 작가들의 따뜻한 환대 속에서 무사히 치를 수가 있었다. 이 기회를 빌려 새삼 감사의 마음을 전하고 싶다.

그런데 평양을 떠나는 마지막 날,

이제 내일이면 집으로 간다는 마음으로 편히 잠을 청하였는데, 그 밤에도 남 선생은 혼자 끙끙 앓고 계셨던 모양이다. 새벽녘, 미안한 마음으로 살짝 눈을 폈는데 아직 어둑한 공기 속에서 그이의 신음 소리가 들려왔다. 낮고 분명한 신음 소리. 슬핏 잠에서 깬 나는 돌아누운 채 숨을 죽이고 그 소리를 들었다.

그 소리는 뜻밖에도 어머니를 부르는 소리였다.

"아아, 어머니……."

남 선생은 신음처럼 길고 분명한 어조로 그렇게 소리를 하고는 얼마간 사이를 두었다가 다시,

"아아, 어머니……"

하고 부르는 것이었다.

순간, 내 몸속으로 마치 강한 전류 같은 것이 한 줄기, 마치 심장을 대꼬챙이로 찌르듯이 지나갔다. 아아, 어머니 참새보다, 바람보다, 가벼운 노작가가 평양의 어둠 속에서 부르는 그 소리…… 육신의 고통을 뚫고 솟아오르는 그 간절한 소리…….

그래.

만일 하느님이 있다면 그이는 분명히 어머니의 형상을 하고 계시리라. 미켈란젤로가 그렸듯 백발 수염을 날리는 늙은 남자가 아니라 한없이 자애로운 어머니의 모습을 한 하느님. 엄마 하느님. 그래, 불기둥과 유황불을 가진 아빠 하느님이 아니라 눈물과 사랑밖에 없는 엄마 하느님. 전쟁과 증오를 가진 인간들이 형상해놓은

무시무시한 권능의 잘난 아버지 하느님이 아니라 분명 엄마 하느님일 것이다.

언젠가 아비 없이 아이들 셋을 기르며 소설을 쓰고 있는 가난한 작가 공선옥이 자기 소설 뒤에 써놓은 글이 있다.

"아버지는 언제나 잘난 자식을 자신의 분신처럼 사랑한다. 하지만 엄마라는 존재는 늘 가장 못나고 어리석은 자식을 가장 깊은 품에 안고 키운다."

그래. 그럴 것이다. 못나고 어리석고 실패한 자식이 더 귀한 엄마의 마음.

우리는 그날 그 평양의 새벽, 어둠 속에 서로 돌아누운 채 한없이, 한없이 그리운 어머니의 이름을 부르고 있었다.

그해 겨울의 톱밥난로

그렇지 않아도 동해를 거슬러 올라간 강원도 고성군 간성 땅의 겨울은 해마다 눈이 깊게 내리는 곳이었다. 길고 긴 유신의 어둠 끝, 독재자 박정희의 갑작스런 죽음과 함께 온 정치적 격변기였던 1979년 말의 겨울. 막 감옥에서 가석방으로 풀려나온 나는 몸도 채 추스르기도 전에 다시 강제 징집되어 멀고 먼 그곳 동경 사령부 산하 간성의 포병 부대에 작대기 하나를 달고 배속되었다.

돌이켜 생각하면 참으로 암담하고 절망적인 시기였다.

그러나 '도처에 유청산(有靑山)'이라고, 뜻있는 사람들은 어디에나 있는 법이어서 다행히 그곳 산골짜기 외진 포병대대에도 먼저 온 친구들 중에 가슴속에 어떤 열망을 품고 살아가는 이들이 더러 있었다. 그들은 기독교 신자 사병들의 모임인 신우회를 중심으로 황량하고 각박한 군대 생활을 보다 뜻있게 보내기 위해 열심히 무언가를 모색하고 있었다.

특히 그 속에서 임국진이란 후배를 만난 것은 내게 행운이었다. 강에서 막 건져 올려놓은 가물치처럼 정력적이고 강인한 성격을 가진, 마치 러시아 혁명기 고리키의 소설에나 나옴직한 그는 서울 공대 75학번으로 인천에서 현장 노동운동을 하다가 군대에 들어온 친구였다.

그곳 강원도 한구석의 외진 포병대대에서 그는 단순하고 고생스런 군대 생활을 가슴 뜨거운 현장으로 만들며 그 음울했던 시기에 모두의 가슴에 역사적 인식과 소명감을 불러일으킨 한 송이 불꽃같은 존재였다.

군대로 치면 나보다 한참 고참이었던 그의 불꽃같은 열정은 패배감과 무기력에 빠져 있던 나에게도 큰 힘을 주었고, 그로 인해 나의 군대 생활은 비록 외롭고 고달프긴 했지만 새로운 의미를 가지게 되었다. 그러나 내가 그에게 정작 감사를 드리고 싶은 일은 그곳에서 박홍규 목사란 분을 만나게 해준 일일 것이다.

내가 박 목사를 처음 만난 것은 그해 겨울 '간성교회'에서였다.

멀리 포단(연대)에 군목이 있긴 했지만 늙은 군목이 오토바이를 타고 예하 대대를 일요일마다 찾아가는 일은 불가능했기 때문에 대신 부대에서 걸어서 십여 리 되는 간성에 있는 교회로 예배를 가는 일이 허락되었다. 그래서 우리 부대에서도 이십여 명 되는 신자 사병들이 주번 사령이나 고참들의 싫어하는 눈치를 봐가며 일요일

날 아침 옷을 다려 입고 간성까지 군사도로가 나 있는 십여 리 황톳길을 따라 그 '간성교회'로 예배를 보러 가곤 했는데 일병을 달 무렵 나도 임국진의 권유로 그 사이에 끼게 되었던 것이다.

별로 크지 않은 교회에는 군데군데 톱밥 난로가 매캐한 냄새를 내며 타고 있었고, 차가운 마룻바닥에는 짚과 군용 담요를 깔아 그곳에 앉아서 예배를 보게 되어 있었다. 신자들은 대체로 노인네들이 많았고, 간성이 군사도시라서 그런지 다른 부대에서 온 사병들도 눈에 많이 띄었다.

지붕이 높은 예배당 건물은 공기가 썰렁했고 추웠다.

박 목사의 첫인상은 내가 기대했던 것처럼 그리 지성적이거나 열정이 있게 느껴지지 않았다. 다소 날카롭고 정열적인 인물을 예상했던 나로서는 약간 실망감이 들 정도였다. 곰처럼 투박한 인상을 한 그는 모택동 시절에나 입음 직한 황톳빛 노동복에 커다란 운동화 같은 걸 신고 있었다. 말투는 느릿했고, 강약이 없는 목소리는 그리 주의를 끌지 못했다.

다만 어눌한 그의 말을 열심히 듣고 있으면 무언가 그가 진실하게 전달하려고 하는 내용이 그 이면에 깔려 있다는 느낌을 주었다. 임국진의 말에 의하면 그는 아무튼 대단히 독특한 스타일의 목회자임에 틀림이 없었다. 나는 그에게서 박 목사는 3·1운동 기념 주일예배 때는 신자들과 함께 태극기를 들고 뒷동산에 올라가 만세를 불렀다거나, 성찬식 때 주먹만 한 인절미와 막걸리 한 사발씩 먹었다거나 하는 전설적인 이야기를 들어둔 바가 있었기 때문이다.

그럭저럭 예배가 끝나고 점심시간이 되었다.

제사보단 잿밥이라고 짬밥에 찌든 우리 병사들은 곧 나올 하얀 쌀밥과 양념이 제대로 된 김치, 그리고 얼큰한 동태국에 대한 기대로 속으로 침을 삼키고 있었다. 나 역시 내색을 않고 그러고 앉아 있는데 하필이면 그때 톱밥 난로의 톱밥을 점검하러 온 박 목사는 가까이 앉아 있는 나를 향해 말을 걸어오는 것이 아닌가.

"어이, 일등병 형제! 톱밥 나르는 일 좀 거들어주지 않겠나?"

"아, 예. 그, 그러지요."

나는 엉거주춤 모자를 쓰고 일어나 그를 따라 나갔다.

밖에는 흰 눈이 여전히 푸슬푸슬 내리고 있었다. 우리는 교회 뒤 창고로 가서 가마니에다 톱밥을 담았다. 나는 가마니의 주둥이를 잡고 서 있고 목사님은 삽으로 톱밥을 퍼서 담는 것이었다. 그의 커다란 등짝과 농군처럼 뭉뚝한 손이 바쁘게 움직였다. 나는 이렇게 둘만 남게 되자 그에게 무언가 말을 붙여보고 싶었다. 이런 기회가 언제 다시 오겠는가. 나는 더듬거리며 입을 댔다.

"저어…… 목사님. 저도 이번에 사면이 되었어요."

"뭐라구요?"

갑작스런 엉뚱한 말에 그는 약간 놀란 눈으로 바라보았다. 그러고 보니 나 또한 어색한 기분이 들었지만 이왕에 뱉어낸 말이라 솔

직히 이야기하지 않을 수 없었다.

"임국진이 따라왔어요. 군대는 제가 졸병이지만 학교는 제가 선배 되거든요. 긴급조치로 몇 해 고생하다가 군대 왔는데 이번에 복권이 됐어요."

"아! 그래요?"

그제야 그는 반갑게 내 손을 잡아주었다. 우리는 톱밥 가마니를 양쪽에 들고 예배당으로 다시 돌아왔다. 그곳에서 그는 나를 위해 특별히 다시 기도를 해주었다. 그리고 병사들 중에서 한 명이 일어나 〈금관의 예수〉를 불렀고, 합창으로 〈우리 승리하리라〉도 불렀다.

살벌했던 그 시절에 지금 생각해보면 참 고마운 풍경이기도 했고, 위험했던 일이기도 했다.

박 목사와의 인연은 이렇게 시작되었다. 그 후 나는 간성교회에 가끔 나가긴 했지만 외출이 극히 제한되어 있는 데다 예배가 끝나고 나면 총총히 부대로 복귀해야 했기 때문에 그와 긴밀한 이야기를 나눌 기회는 없었다.

그런데 얼마 후 박 목사는 강릉으로 이사를 가셨다. 들리는 풍문으로는 간성교회에서 장로들과 의견 차이가 있어 그곳에서 나와 강릉에서 '푸른교회'라는 개척교회를 열어 교도소와 버스 안내양들을 대상으로 말씀을 전하고 있다는 것이었다.

1980년 3월, 나는 첫 휴가 길에 마침 그곳에 들렀다.

긴 나무 의자 몇 개만 놓여 있는 초라하기 짝이 없는 교회였다. 설교단 쪽 벽에는 목사님이 손수 짜 맞추셨다는 나무 십자가가 걸려 있었고 교인들도 거의 없었다. 그런 데다 형사들의 감시가 늘 주변을 맴돌고 있었다. 나와 목사님은, 사실 그때까지 그다지 깊은 관계는 아니었음에도 불구하고, 소주 한 병과 노가리를 사서 들고 강릉 바닷가로 갔다.

그때 모습을 나는 훗날 시로 썼다.

가까이 가면 바다는 귀 먹먹하게 아우성친다.
아직도 바람이 얼얼한 삼월의 바다……
휴가 길에 들른 강릉 푸른 교회 박 목사님은
통나무 십자가를 메고
가시나무 같은 가슴에 소주를 부었다.
바람이 자꾸 성냥불을 물고 달아났다.
우리는 위로할 한마디 말도 없이
서로의 가슴 깊숙이 드리워진 잿빛 하늘로
말없이 소주를 붓고 담배를 빨았다.
노가리를 싸온 신문지가 바람에 날려간다.
가까이 가면 바다는 너무 크고
우리는 너무 작았다.
모든 게 지겨워서 그만,

그해 겨울의 톱밥난로

울고 싶었다.

도무지 술이 취하지 않았다.

— 졸시, 「휴가길」(『겨울바다』, 2003)

당시 목사님은 참 가난하셨다. 나도 면회라고는 일 년 내내 그림자 하나 올 사람이 없어 내내 굶주렸고, 언제나 빈털터리였다. 가난했던 목사님에게 당시 별로 친숙하지도 않았던 이 졸병 군인의 방문이 지금 생각하면 얼마나 어색하고 귀찮았을 것인가.

하지만 목사님은 전혀 내색을 하지 않으셨고, 다음 날 아침 나는 사모님이 차려주신 정말 조촐하기 짝이 없는 아침상까지 받아먹고 그곳을 떠났다. 나는 그때 돌아가신 사모님이 차려주셨던 그 상을 평생 잊지 못할 것이다. 낯모르는 일등병에게 차려주신 그 가난했던 상(지금은 오래전에 하늘나라로 돌아가신 그분에게 부디 하느님의 은혜가 가득하기를……).

그런데 휴가를 갔다 온 지 얼마 되지 않아 광주사태가 터졌고, 나와 임국진은 강릉 보안 사령부로 끌려갔다. 태백공사라는 간판이 걸려 있는 그곳에서 우리는 근 한 달간 잠 한숨 자지 못하고 온몸에 피멍이 들 정도로 고문을 당했다. 아아, 그 짐승 같은 시절이라니!

그들이 꼬집어내려 한 사건인즉슨 우리가 외부의 박 목사와 결탁하여 군대 내에 기독교 신자를 중심으로 의식화된 병사를 모아 불순한 조직을 만들려고 했다는 것이었다. 정말 어처구니없는 일이었다. 어쩌면 학생운동의 전력이 있는 나의 이력이 신군부의 촉수에 걸려든 것인지도 몰랐다. 들리는 풍문에 의하면 민간인 신분인 목사님은 강릉교도소에 갇혀 있다는 것이었다. 다행히 사건은 증거 불충분으로 인해 더 이상 확대되지 않고 마무리가 되었다.

우리는 다시 부대로 돌아왔고, 목사님은 더 이상 강릉에서 활동을 못 하시고 서울로 갔다고 했다. 그와 함께 죽음과 같은 어둠의 시절. 80년대가 시작된 것이다.

내가 박 목사님을 다시 만난 것은 그로부터 수년이 흘러갔을 때였다.

제대하고 나서 나는 임국진으로부터 목사님이 김포 월곶이란 곳에 내려가 농촌 선교를 하고 있다는 이야기를 들었다. 우리는 어느 날 날을 잡아 함께 박 목사님이 계신 곳으로 찾아갔다. 언덕배기에 있는 작은 교회였다. 그곳에서 그는 『푸른언덕』이란 작은 잡지를 만들고 있었고, 허물어져 가는 농촌 공동체에 대한 근원적 고민을 안고 집집마다 감나무를 심어주기도 하고, 의지할 곳 없는 노인들을 섬기고 있었다.

나는 그 후 박 목사님이 소개해주신 교회 근처 어떤 시골 장로님의 포도밭지기 집에서 어느 해 겨울을 보냈다. 그리고 그때의 경험을 토대로 「포도나무집 풍경」이라는 단편소설을 썼다. 그리고 대관령 공동체에 대한 목사님의 유토피아적 염원을 소재로 하여 「내 마음의 서부」라는 단편을 쓰기도 했다.

그리고 다시 세월이 많이 흘렀다.

몇 해 전 정년퇴직을 하신 목사님은 혼자 대관령 골짜기에 들어가 소도 키우고 농사를 지으며 살고 있지만 늘 바쁘다는 핑계로 뵙지 못한 지가 또 수년이 지나가고 있다.

따뜻한 봄날이 오면, 그때 벗들과 함께 목사님을 모시고 바닷가에 가서 술도 먹고 노래도 부르다 왔으면 좋겠다고 생각했는데 그게 쉽지가 않다. 언젠가 그이와 마음 놓고 하룻밤을 자면서 해도 해도 지겹지 않은 톱밥 난로 타던 그해 겨울의 이야기를 나누고 싶다.

† 박홍규 목사님은 그 후, 2013년 봄에 영면하셨다. 우리는 그가 일생 밤나무를 심으며 가꾸었던 대관령 산허리 어디엔가 그의 뼈를 뿌려주었다.

은자의 황혼

4부

슬픔의 힘

블라디보스토크에 세운 문학비

역마살이 끼었는지 연말을 얼마 남겨놓지 않은 지난 십이월, 또 느닷없이 블라디보스토크로 가는 여행 가방을 챙겼다. 내 낡은 여행 가방에는 이제 나도 이 방면에서 어지간히 관록이 붙었다는 표시처럼 이런저런 떼지 않은 항공사 꼬리표와 딱지들이 제법 너저분하게 붙어 있었다. 발표에 따르면 우리나라 여행 수지 적자가 해가 갈수록 늘어나고 있다고 하는데 나도 그러니까 그 속에서 톡톡히 일조를 하고 있는 셈이었다.

작가들이란 원래 싸돌아다니기를 좋아하는 족속들인데, 변명 같긴 하지만 루쉰(魯迅) 선생의 가르침에 의하면 작가는 무릇 만 권의 책을 읽고 만 리를 걸어야 한다고 한다. 하긴 작가가 아니더라 하더라도 누구에게나 여행이란 늘 마음 설레기 마련이다.

어쩌면 과거와 미래를 잊고 현재에 몰두할 수 있게 하는 가장 강력한 처방이 여행인지도 모른다. 여행을 좋아했던 프로이트는

블라디보스토크에 세운 문학비

그의 글에서, "여행에 대한 동경은 모든 억압으로부터 벗어나기 위한 욕구의 표현이기도 한데, 그것은 많은 미성년자들을 가출하도록 부추기는 충동과 비슷하다."라고 했다.

하지만 나의 여행이라고 하여 늘 그냥 일없이 싸돌아다니는 것만은 아니다(정직하게 말하라면 반반 정도라고나 할까). 이번 여행만 해도 일제하 블라디보스토크를 비롯한 연해주 한인들의 고통스러운 역사를 안고 사라져간, 소설가 조명희 선생의 유적을 찾아, 그이가 생전에 교편을 잡았던 우수리스크 농업학교 교정 한 켠에 문학비를 세우기 위한 사전 답사였던 것이다.

조명희라면 국문학을 하는 사람들 외에는 거의 알고 있는 사람이 없을 것이다. 고백하자면 나 역시 이 일을 추진하기 전까지 조명희 선생에 대해 장편『낙동강』의 저자라는 것과 사회주의자라는 낙인으로 인해 그의 작품이 해금된 지 오래지 않았다는 것밖에는 알고 있지 않았다. 자료에 나타난 그이의 행적과 문학을 잠시 백과사전에 나오는 대로 살펴보자면 다음과 같다.

조명희 선생은 일제 강점기에 사실주의에 입각해 당시 암흑 속을 헤매는 것 같은 지식인의 고뇌와 처참했던 우리 농촌의 궁핍, 노동자·농민의 계급적 연대와 사회주의 이상을 작품 속에 담아내려고 노력했던 분이다. 대표작『낙동강』은 이전까지 자연발생적인 수준에 머물던 신경향파 문학을 목적의식적인 프로 문학으로 발전

시킨 뛰어난 작품으로 평가된다.

가난한 양반 집안의 아들로 태어나 중앙고등보통학교를 중퇴하고 방황하다 3·1운동에 참가해 투옥되기도 했다. 1919년 일본 도요대학(東洋大學) 동양철학과에 입학해 어렵게 고학을 하면서 새로운 사상을 접하게 되었고, 이때 친구들과 시 창작과 연극 공연을 전개했다.

1925년 조선프롤레타리아예술가동맹(KAPF)에 가담하여 소설가 이기영, 한설야 등과 마르크스주의 공부 모임을 만들었다. 1928년 8월, 일제의 탄압을 피해 소련으로 망명한 뒤로는 한인촌 교사로 일했고 연해주 한인신문 『선봉』과 잡지 『노력자의 조국』 등에 글을 발표하기도 했다.

1934년 소련작가동맹의 원동(遠東) 지부 간부를 지냈으나, 스탈린에 의해 일본 간첩이라는 누명을 쓰고 그해 총살당했다. 이후 1957년 복권되었지만 1937년 스탈린 정권의 강제이주정책에 의해 일제하 독립 근거지였던 연해주 우리 한인 사회가 거덜이 나면서 그의 삶 역시 철저히 역사 속에 묻히고 말았다.

그런 선생의 생이야말로 어쩌면 비극적인 연해주 한인들의 독립운동사의 원한 어린 역사를 고스란히 담고 있는지 모른다. 이번 일은 그러니까 지난해 '잃어버린 민족문학사를 찾아가는 작가모임'을 내가 주동이 되어 결성한 후, 중국 태항산 발치에 소설가 김학철 선생과 김사량 선생의 문학비를 세우고 난 후 기획된 두 번째 작업이었는데, 마침 블라디보스토크에 총영사로 가 있는 고교 동창생인 전대완 군에게 이러저러한 사정을 말했더니 반가운 어조로 알겠으니 일단 와서 사전 답사를 해본 다음 이야기하자는 것이었다.

그래서 부랴부랴 마련한 여행길이었다. 일행은 총무이자 시인인 전기철 교수와 러시아어 통역을 겸한 후배 소설가 김재호 군이었다.

한겨울날, 그것도 여기보다 몇 배나 춥다는 지방으로 떠나는 여행 가방을 챙긴다는 일이 처음부터 보통이 아니었다. 누가 시킨 일도 아니었고 평소 내가 조명희 선생을 각별히 생각하고 있던 사이도 아니었건만 이런 어려운 소임이 내게 떨어진 것을 보면 사람살이라는 게 참 묘한 인연이란 생각이 들지 않을 수 없었다(『약산 김원봉 평전』을 쓴 소설가 이원규 선생의 말에 의하면 무슨 귀신에 씌어 그런 것이라지만……). 그나저나 나는 평소에도 추위에는 영 맥을 추지 못하는 체질이라 벌써부터 겁이 났다.

더구나 그해 겨울은 유달리 추워 서울에도 폭설 후 예전에 볼수 없었던 강추위가 계속되고 있었는데 러시아에서 오래 살다 온소설가 김재호 군의 말에 따르면 러시아의 추위는 여기와는 비교가 되지 않는다는 것이었다.

차르 시대 때 러시아가 부동항을 찾아 동으로, 동으로 나아가

마침내 블라디보스토크까지 이르렀지만 블라디보스토크의 겨울 바다 역시 거대한 소금덩이처럼 얼어서 쩍쩍 갈라지곤 했다는 것이었다. 아무튼 여기저기서 주워들은 풍월로 재래시장에 가서 삼중 보온메리도 두어 벌 사고, 두꺼운 털모자에 털장갑, 등산용 양말까지 대여섯 켤레 준비하였다. 아내는 아내대로 걱정이 태산 같아서 눈만 빠끔하게 보이는 털모자를 새로 하나 더 산다, 어쩐다 하며 이것저것 월동 장비(?) 챙기기에 바빴다.

하지만 문제는 가방이었다. 그놈의 월동 장비에 가까운 옷가지들을 다 넣자니 가방이 턱도 없이 작았던 것이다. 아니, 가방이 작았던 것이 아니라 옷의 부피가 지나치게 컸다고 하는 편이 옳을지 모르겠다. 파카는 걸치고 간다지만 위에 열거한 속옷 등과 함께 공식적인 자리에 입고 갈 양복을 하나 넣고 양복에 걸칠 긴 코트를 하나 넣고 나니 이미 가방은 터질 지경이었다.

겨우 겨우 갈아입을 솜바지 하나와 두꺼운 스웨터를 간신히 끼워 넣었다. 자질구레한 물건들은 아예 들어갈 틈도 낼 수가 없었다. 겨우 3박 4일 일정에 가방이 피난민 보따리만 했던 것이다. 할 수 없이 처음에 챙겼던 가방 속의 물건을 모두 꺼내어놓고 다시 하나하나 이게 정말 필요한 것일까를 곰곰이 따져보기 시작했다. 그렇게 따져보니 처음 생각했던 것보다 불필요하거나 애매한 물건들이 대부분이었다. 양복과 코트만 해도 그랬다. 이 추운 겨울날 정장을 하지 않는다고 누가 흉을 볼 것인가. 나는 과감하게 그것을

블라디보스토크에 세운 문학비

옆으로 제쳐놓았다. 다음에는 솜바지였다. 삼중 보온메리에 등산용 방한 바지를 하나 입었으면 됐다 싶었다. 눈구덩이에 구를 것도 아닌데 아무렴 얼어 죽지는 않을 터였다. 솜바지를 **빼고** 양말도 세 켤레로 줄였다. 털모자는 그대로 두고…… 내의도 한 벌이면 족할 것이었다.

그러고 보면 여행 다니면서 옷을 자주 갈아입는 것도 그리 장려할 일은 아닐지 모른다. 예전에 바람의 딸 한비야 씨랑 몇몇이 함께 여행을 한 적이 있었는데, 소위 여행 전문가라는 그녀의 여행 가방은 얼마나 작았는가. 일주일간 돌아다니는 동안 달랑 주먹만 한 등가방 하나가 전부였지 않았던가.

이렇게 왕창왕창 **빼고** 정리를 하고 나자 비로소 터질 것만 같았던 나의 여행 가방도 조금 숨을 돌리는 모습이었다. 삼 년 묵었던 체중이 내려간 것 같았다고나 할까. 홀쭉해진 가방을 보니 몸의 곳곳에 붙어 있던 비곗살이 싹 **빠져버린** 것 같았다. 그러고 보면 세상을 살아가면서 꼭 필요하다고 생각했던 물건 중에도 **빼놓을** 수 있는 것이 얼마나 많을 것인가!

그러자 얼마 전에 읽었던 박완서 선생의 수필 「잃어버린 여행 가방」이란 글이 떠올랐다.

그이가 첫 해외여행에서 돌아오는 길에, 순전히 항공사의 실수였지만, 커다란 짐 가방을 잃어버린 일을 쓴 글이었다. 첫 여행이란 누구나 그렇겠지만 가방 속엔 온갖 쓸데없는 짐으로 가득 차 있게 마련이다. 그이의 글에 의하면 입다 남은 헌 옷가지들, 빨랫감들, 선물로 사서 여기저기 끼워 넣어두었던, 그때까지만 해도 귀했던 인스턴트 커피 봉지들, 기타 등등의 잡동사니로 가득 차 있었는데, 그걸 잃어버렸다는 안타까움보다는 누가 그 가방을 열어볼까가 더 걱정이었다는 것이다. 혹시나 하고 그 여행 가방을 가져갔을 사람이 가방을 열어본 후 가졌을 실망감과 분노, 경멸감을 상상하면 남모를 수치심에 혼자 괴로워하지 않을 수 없었다고 한다.

그리고 그이는 뒤이어 다음과 같이 썼다.

"그러나 그것은 내 인생의 여행 가방에 비하면 아무것도 아닐지 모른다. 재물에 대한 미련은 없지만 내가 살던 집과 가재도구를 고스란히 두고 떠날 생각을 하면 걱정이 이만저만 아니다. 나의 최후의 집은 내 인생의 마지막 여행 가방이 아닐까. 내가 끼고 살던 물건들은 남 보기엔 하찮은 것들일 터이다. 구식의 낡은 생활 필수품 아니면 왜 이런 것을 끼고 살았는지 남들은 이해할 수 없는 나만의 추억 어린 물건들이다. 나에게만 중요했던 것은 나의 소멸과 동시에 남은 가족들에게조차 처치 곤란한 짐만 될 것이다. 될 수 있으면 단순 소박하게 사느라 애썼지만 내가 남길 내 인생의 남루한 여행 가방을 생각하면 마음이 저절로 처연해진다."

오래전에 남편을 여의고 혼자 사시는 그이로서는 누군가가, 비록 자식들이라 해도, 나중에 자신의 집을 정리하느라 이런저런 물건을 만지는 것이 여간 부담스럽지 않으셨던 모양이었다. 그래서 그런지 될 수 있는 한 여행길에서도 좀체 물건을 잘 사지 않는다. 어디에 도착해서, "자아, 우리 여기 싹쓸이하러 가요!" 하고 농담을 해도 빙긋이 웃으며 구경만 하실 뿐 정작 사는 일은 거의 없었다.

그러고 보면 전생에 무슨 인연인지 나는 적지 않은 세월 동안 그이와 많이도 돌아다녔는데 그이를 생각하면 언젠가 중국 상하이의 어느 허름한 성당에서, 김대건 신부가 세례를 받았다는, 그곳의 할머니들과 함께 촛불 한 자루를 켜놓고 꿇어앉아 하얀 미사포를 쓴 채 기도를 드리던 경건한 모습이 먼저 떠오른다. 이 지상의 명예와 일들이 얼마나 헛되고 헛된 것인지 그이처럼 깊이 종교적으로 체득하고 있는 사람도 드물 것이었다. 그이처럼 높은 명망 속에 살면서도 그이처럼 겸손하게 늘 낮은 자리를 찾아 앉아 있는 사람을 나는 아직 보지 못하였다.

그런 분이니 여행 가방인들 얼마나 정갈하겠는가.

그런 그이에 비하면 내 인생의 여행 가방은 얼마나 무거운지 알 수 없다. 무슨 인연은 그렇게도 많으며 무슨 욕망은 그다지도 많은가! 생각하면 내 짐으로 나는 늘 등짝이 휠 정도이다.

그러고도 그이는 글의 말미에서 이렇게 기도처럼 고백하고 있다.

"그러나 내가 정말로 두려워해야 할 것은 이 육신이란 여행 가방 안에 깃들었던 내 영혼을, 절대로 기만할 수 없는 엄정한 시선, 숨을 곳 없는 밝음 앞에 드러내는 순간이 아닐까. 가장 두려워해야 할 것을, 별로 두려워하지 않는 것은 내가 일생 동안 끌고 온 이 남루한 여행 가방을 마지막으로 열어볼 분이 바로 우리 하느님이기 때문일 것이다. 주님 앞에서는 허세를 부릴 필요도 없고 눈가림도 안 통할 테니 도리어 걱정이 안 된다. 걱정이란 요리조리 빠져나갈 구멍을 궁리할 때 생기는 법이다.

'이게 저의 전부입니다.' 나를 숨겨준 여행 가방을 미련 없이 버리고 나의 전체를 온전히 드러낼 때 그분은 혹시 이렇게 나를 위로해주시지 않을까. '오냐, 그래도 잘 살았다. 이제 편히 쉬거라.' 하고……."

아무튼 그리하여, 2005년 12월 16일부터 19일까지 추운 겨울날, 우리는 블라디보스토크와 우수리스크 등을 여행하였고, 우수리스크 쁘질로프카에 있는 농업학교를 둘러보았다. 일제 강점기에 한인들이 벽돌로 세운 한인들의 학교였는데, 지금은 지붕과 마루가 다 내려앉아 있었다. 늙은 미루나무 꼭대기 위로 매운 눈바람만 불고 있었다.

조명희 선생의 문학비는 다음 해, 마침 그곳 총영사로 가 있던 내 친구 전대완 군의 도움을 받아 블라디보스토크 극동기술대학 교정의 도서관 옆, 바다가 내려다보이는 언덕 위에 세웠다.

블라디보스토크에 세운 문학비

태항산에 항일문학비를 세우다

작년 여름, 몇몇 문인들과 함께 중국 하북성 원씨현 호가장(胡家莊)이란 데를 다녀왔다.

북경에서 고속도로를 타고 너댓 시간을 달려간 다음, 그곳에서 다시 털털거리는 버스로 한 시간쯤 더 들어가야 되는 곳이다. 지난 봄 답사차 왔을 땐 끝이 보이는 않는 하북 평야엔 곳곳에 붉은 복숭아꽃이 피어 있고, 하늘엔 수많은 말들이 한꺼번에 달려가듯 드높이 황사바람이 불어오고 있었는데 지금은 옥수수밭이 끝도 없이 이어져 있었다. 중국 지도를 보면 동쪽의 이 드넓은 평야 서쪽에 남북을 가로지르며 커다란 산맥이 흐르고 있는데 이것이 바로 그 유명한 태항산맥이다.

호가장은 바로 그 태항산의 발치에 자리 잡고 있는 낡고 보잘것 없는 작은 마을이다.

관광지도 아닌, 아무도 찾는 이 없는 이 궁벽한 시골을 우리는 왜 이렇게 불원천리 찾아갔을까. 그것은 바로 이 호가장이 지금으로부터 약 육십 년 전 조국 광복의 꿈을 안고 중국 대륙을 떠돌던 우리 젊은 조선의용군들의 주둔지이자, 1941년 그 유명한 '호가장 전투'가 벌어졌던 현장이기도 하기 때문이다.

이곳에서 1941년 12월 12일 새벽, 일본군의 포위 공격으로 조선의용군의 꽃다운 젊은이 네 명이 숨지고 한 명이 다리에 총상을 입은 채 포로가 되었는데, 포로가 되었던 젊은이는 일본 본토의 나가사키 감옥으로 압송되어 다리를 절단하지 않으면 안 되었다. 그 젊은이가 바로 소설 『격정시대』로 널리 알려진 연변의 소설가 김학철 선생이다.

우리는 그 김학철 선생과 또 한 분 의용군 출신 작가 김사량 선생의 문학비를 세우기 위해 그곳으로 갔던 것이다.

1916년 원산에서 출생한 김학철 선생은 서울 보성고보를 나왔다. 그 후 일본 유학길에 올랐다가 1935년 조국 광복의 꿈을 안고 상하이로 망명하였지만 망명정부에 실망하고 곧 황포군관학교에 입학 조선의용군으로 편입되었다. 의용군으로 활동 중 위에서 말한 호가장 전투에서 총상을 입고 다리 한쪽이 잘린 다음 (그의 유머러스한 표현에 의하자면 '외발 의인'이 되어) 일본으로 압송되어 감옥살이를 하다가 해방을 맞아 서울로 돌아왔다.

46년 월북을 하였는데 당시 그를 부축해 함께 올라갔던 간호사랑 결혼하여 아들 하나를 두었다. 그 아들이 이번에 나와 함께 문학비를 세우는 데 앞장서셨던 김해양 선생이다.

북으로 올라간 김학철 선생은 잠시 금강산 지역 책임 관리자로 일했지만 연안파 숙청과 더불어 북한 정권과 결별하고, 1951년 중국으로 망명하였지만 소설 『20세기의 신화』를 썼다는 이유로 문화혁명 때 반혁명분자로 몰려 다시 십여 년 중국 감옥에서 옥고를 치르지 않으면 안 되었다. 나중에 말씀으로는 중국의 감옥이 일본의 감옥보다 더 힘들었다고 한다.

1980년 사인방의 퇴진과 함께 복권이 되어 중국 공산당으로부터 '홍병 혁명유공자'의 지위를 부여받았다. 그리고 노년에 작품 활동에 매진 『격정시대』『우정 반세기』『마지막 분대장』 등 많은 작품을 남기고 2002년 연변에서 돌아가셨다.

우리나라에도 몇 차례 다녀갔었는데 처음 오셨을 때, 내가 작가회의 청년위원장을 맡고 있어서 잠시 안내 겸 함께한 적이 있었다. 깡마른 얼굴에 짧게 깎은 하얀 백발, 까만 인민복 차림을 한 선생은 한쪽 목발을 하고 있었다. 그의 모습에서 나는 한눈에도 감히 범할 수 없는 노혁명가의 깊은 품격과 비범함을 느낄 수가 있었다. 높은 연세에도 불구하고 그는 한 치의 흐트러짐이 없었고, 분명한 기억력과 조리 있는 말투, 항일 최전선에서 싸웠던 높은 자부심이 느껴졌다.

정말 우리가 살아서 만나기 어려운 사람이라는 것을 금방 알 수 있었다.

하여간 사람의 인연이란 참으로 이상한 것이어서 나는 그 후 연변에 사는 그의 아들인 김해양 선생이랑(나보다 몇 살 위이다) 지금껏 형제처럼 지내고 있으니, 통한다는 말이 그런 것인지도 모르겠다.

그리고 김사량 선생은 일제 강점기인 1914년 평양의 부호의 아들로 태어나 도쿄제국대학 문학부를 나왔는데 일찍이 문학적 기량을 발휘하여, 단편 「빛 속으로」로 일본 최고의 권위인 '아쿠타가와 상'을 받았다.

한창 작가로서 이름을 떨칠 무렵 1944년 일본 학도병 선무단으로 징발되어 갔다가 북경에서 탈출, 조선의용군이 있던 태항산으로 봉쇄선을 뚫고 죽음의 탈출을 감행했던 것이다. 그때 그 과정을 긴박하게 묘사한 글이 바로 소설 『노마만리』이다.

그는 그때 요행히 일본군의 총알을 피해 항일 전선에서 살아남았지만 해방 후, 인민군에 소속되어 내려왔다가 어느 이름 모를 산골짜기에서 행방불명된 채 사라지고 말았다. 천식으로 고생하여 행군하기가 어려워 아마도 미군의 비행기 폭격에 죽었을 거라고 짐작만 할 뿐이다. 아무도 그의 행적을 더 이상 아는 사람은 없었다.

뛰어난 재능에도 불구하고 그것을 제대로 한번 발휘해보지 못하고 사라진, 비극적인 작가 중의 한 분이다.

태항산에 항일문학비를 세우다

당시 중국에 망명했던 우리 젊은이들은 대체로 학력이 높고 인품이 고결했던 사람들이 많았다. 지금도 그곳 현지 주민들 사이에는 조선의용군 젊은이들의 따뜻한 인간애와 열성적인 모습이 전설처럼 남아서 내려오고 있다.

글을 잘하고 일본 말을 잘했기 때문에 그들은 최전방에서 주로 선무 공작을 맡았는데, 그 때문에 일본군들에겐 '눈엣가시' 같은 존재로 꼽혔다고 한다.

그날 호가장 전투에서는 바로 인근 마을에 중국의 팔로군이 주둔하고 있었는데도 유독 조선의용군을 포위 공격한 것도 바로 그런 이유 때문이었다는 것이다.

그런데 이토록 중요한 유적지가 그동안 마치 남북 간에 약속이라도 한 듯 외면당하고 있었다. 사실 그동안 북한은 북한대로 중국에서 활동했던 애국지사들을 그들의 역사에서 지워버리기에 급급했고, 남한은 남한대로 그들이 사회주의자였다는 이유로 돌아보지 않고 있었던 것이다.

우리는 그들을 찾아 흔적이라도 남겨두고 싶었다.

나와 같이 뜻을 함께 해준 사람은 시인이기도 한 전기철 교수였다. 그는 열성적으로 이 일을 도맡아 하면서 많은 사람들을 끌어들였고 실질적인 사무를 도맡아 했다.

그리고 이 방면에 해박한 국문학자이자 평론가인 김재용 교수도 많은 도움을 주었다.

이 작업을 위해 우리 '잃어버린 민족문학사를 찾아가는 작가모임'에서는 중국 현지 관리들과 수차례 회담을 하였고, 중국작가협회의 톄닝 주석을 비롯한 작가들의 협조를 구하였다. 그 결과, 다행히 모든 것이 처음 계획했던 대로 결정될 수 있었다.

단단하고 아름다운 화강암에 들어갈 글씨는 돌아가신 신영복 선생이 써주셨다. 내 이야기를 들은 신영복 선생은 아무런 대가도 없이 선뜻 〈김학철 항일문학비(金學鐵 抗日文學碑)〉와 〈김사량 항일문학비(金史良 抗日文學碑)〉를 멋진 한자체로 써주셨던 것이다. 날렵하고도 묵중한 신 선생의 글씨는 그 자체만으로도 천금의 가치를 지닌 것이리라.

마지막 장애로 여겨졌던 호가장 촌장을 비롯한 주민들은 오히려 우리들의 이러한 계획을 진정으로 환영하는 마음으로 맞아주었다. 우리의 옛날 아저씨, 아주머니들처럼 순한 표정을 한 그들은 한때 이곳에서 주둔하며 피 흘렸던 우리 의용군들을 자랑스럽게 여기고 있었고, 이를 계기로 많은 한국인들이 이곳을 찾아주기를 바란다고 했다.

멀리 태항산이 이어가는 산발치 아래 마을이 내려다보이는 밭머리에 두 분의 문학비를 세우던 날, 온 마을은 축제 분위기였다. 마을 아주머니들은 붉은 치마저고리를 입고 나와 춤을 추며 맞아주었고, 아이들은 의용가를 합창해주었다.

바야흐로 여름이었다. 햇볕은 뜨거웠고, 장대한 태항산맥이 넘

태항산에 항일문학비를 세우다

실거리는 아래 호가장 마을은 예나 다름없이 한적한 풍경이었다. 당시 의용군이 머물렀다는 오래되고 낡은 집 뒷마당에는 그때에도 쓰였음 직한 커다란 돌로 된 맷돌이 놓여 있었고, 시골 어느 곳에서나 비슷한 닭들이 한가롭게 모이를 쪼고 있었다.

생각하면 전쟁이란 참으로 우습다. 이런 한가로운 곳에서 죽자 사자 싸움이 벌어졌다는 것을 상상해내기란 그리 쉽지가 않다. 뭐니 뭐니 해도 한가로운 남의 집에 불쑥 뛰어 들어가 분탕질을 친 놈들이 나쁘다. 침략자란 얼마나 아무리 미화해도 그냥 강도일 뿐이다. 일찍이 에드거 스노가 쓴 『중국의 붉은 별』을 보면 모택동 군대가 지녔던 드높은 이상과 당시 중국 민중들의 절대적 지지를 엿볼 수가 있다. 일본이나 썩어빠진 군벌들의 집합체인 장개석 군대가 결코 이길 수 없는 까닭이 있었다. 그곳에 약산 김원봉 선생을 필두로 한 우리 조선의용군이 함께했던 것이다.

두 분의 문학비를 세운 우리는 내처 기차를 타고 당시 김학철 선생과 김사량 선생이 의용군으로 참가하여 모택동과 함께 살았던 연안으로 향했다.

그 이야기는 뒤로 남겨두어야겠다. 다만 한 가지. 중국 공산당의 핵심이었던 모택동과 주덕 등이 거처했던 동굴 아지트(그들은 각기 넓은 동굴 하나씩을 차지하고 있었다)에서 약 이십 분 거리에 우리 의용군들이 머물렀던 동굴이 있었는데 아무도 관리를 하지 않앉는지 여기저기 잡동사니들만 흐트러진 채 버려져 있었다. 남북 간에 외면을 당했던 그들 위대한 전사들의 역사가 아프게 다가왔다. 그들 선인들을 기리기 위해 작은 표지석이라도 하나 세웠으면 하는 소망을 가져보았지만, 그리고 나서 한번 더 찾을 기회를 지금까지 가지지 못하고 있다.

절간에서 훔쳐 먹은 김치

몇 해 전 겨울 무렵, 몇몇 글 친구들이랑 백담사로 놀러 갔다.

얼마 전 내린 눈을 채 치우지 못해 입구 매표소에서부터 차를 올려 보내지 않아 난감하였는데, (왜냐하면 일행 중 한쪽 다리가 불편한 박 아무개 시인이 있었으므로) 약간의 실랑이 끝에 마침 백담사에서 동안거 중인 효림 스님과 연락이 닿아 체인을 채우고서야 겨우 올라갈 수 있었다

저녁 공양을 하고 회주이신 오현 스님, 그리고 마침 이곳에 쉬러 온 강원도 도백 김 아무개 지사와 함께 선방으로 올라가 차를 대접 받은 후 내려왔는데 밤중이 되자 슬슬 배도 고프고 이런저런 이야기를 하다 보니 술 한잔 생각도 간절해지는 것이었다.

하지만 뚝 떨어진 산중 절간에 술은커녕 입맛 다실 만한 것도 있을 턱이 없었다. 그런 데다 차를 타고 내려갈 처지도 되지 못했다. 길이 미끄러워 겨우 운전을 해 올라왔는데 이런 캄캄한 밤중에

내려가다간 어떤 변을 당할는지 알 수 없었다.

그냥 체념하고 잠이나 자자 하고 누웠지만 멀뚱멀뚱 더욱 머리만 맑아질 뿐 도저히 잠이 오지 않았다. 어둠 속에서 이런저런 궁리 끝에 무작정 부엌으로 가보자는 쪽으로 의논이 모아졌다. 그래서 밖으로 나오니 눈 쌓인 마당에 달빛만 교교할 뿐 사방은 죽은 듯한 정적에 잠겨 있었다. 우리는 마치 큰 집이라도 털러 나온 도둑들처럼, 사실 도둑질을 하러 나오긴 했지만, 조심조심 마당을 가로질러 부엌으로 들어갔다.

하지만 부엌이라고 열려 있을 리가 없었다. 공양주 보살님들이 자러 가면서 문을 잠가놓았는지 꿈쩍도 하지 않았다. 별수 없이 포기를 하고 돌아서려는데 문득 누가 숨죽인 목소리로 말했다

"야, 저거 김치 항아리 아니야?"

돌아보니 과연 항아리가 가지런히 놓여 있는 게 보였다. 우리는 너무나 반가운 마음에 단지 뚜껑을 열고 보니 안에는 잘 익은 먹음직한 김치가 잔뜩 들어 있었다. 우리는 곧 큰 양푼 같은 곳에 김치를 수북하게 담아서 방으로 돌아왔다. 그러고는 아닌 밤중에 다른 아무것도 없이 달랑 김치 하나만 사이에 두고 문자 그대로 김치 잔치를 벌였다.

술 대신 냉수를 떠와서 마치 소주처럼 돌려가며 마시고 안주 삼아 김치를 손으로 쓱쓱 찢어서 먹었는데 그 맛이 정말 일품이었다.

"자, 한잔 하소, 그려."

절간에서 훔쳐 먹은 김치

"잘됐소. 취하도록 한번 마셔봅시다."

그렇게 김치 안주와 더불어 냉수가 술이 되어 우리는 밤 늦게 대취하였던 것이다.

그렇게 둘러앉아 나누는 이야기는 또 얼마나 재미있었던가.

그러자 삼십여 년 전인가, 대학 삼 학년 봄, 수학여행차 설악산으로 왔다가 백담사에서 하루 묵고 간 일이 기억났다. 그때 백담사는 참 작고 가난한 절이었다. 그리고 대학생인 우리 역시 너 나 없이 가난했던 시절이었다. 특히 우리 철학과에는 담배 한 개비도 나누어 피워야 할 만큼 어려운 친구들이 많았다. 지도교수로는 당시 사십 대였던 소광희 선생이 따라가셨다. (내가 왜 그분의 그때 나이를 기억하느냐 하면 고개를 넘을 무렵, "아이고, 나이 마흔이 넘으니 어제 다르고 오늘 다르구먼." 하던 말씀이 기억나기 때문이다.)

아무튼 간단한 배낭 하나에 그저 늘 입던 평상복 그대로, 즉 떨어진 운동화와 잠바 차림으로, 아직 채 겨울기가 빠지지 않은 설악산 등반에 나섰던 것이다. 산 아래쪽은 언뜻언뜻 봄기운이 느껴졌지만 골짜기엔 아직 눈얼음이 두껍게 깔려 있었다.

그때만 해도 설악산에 들어가려면 서울에서 종일 털털거리는 버스를 타고, 지금으로 말하자면 진부령 넘어가는 삼거리 근처에서 내려 구불구불한 산길을 걸어 올라가지 않으면 안 되었다. 올라가는 길에 가게도 없었고 식당도 없었다. 엉뚱하게도 군인 초소가 있어 입산자들의 신분증을 일일이 검사하였다. 배가 고프면 그냥 골짜기로 내려가 개울가에서 버너에 불을 피워서 코펠에다 라면을 끓여서 먹었다. 지금 같으면 야단이 났겠지만 그땐 그럴 사람도 없었다.

그렇게 하루 종일을 올라가니까 이윽고 날은 저물고, 골짜기에서 차가운 바람이 불어오기 시작했다. 설상가상으로 이른 봄이었건만 바람결에 희끗희끗 눈발마저 비치는 것이었다. 텐트를 가져가지 않았기 때문에 노숙이라도 해야 한다면 큰일이었다. 산길은 끝없이 이어지고, 모퉁이를 돌면 또 모퉁이가 나타났다. 저문 하늘에서 기분 나쁜 까마귀 소리만 정적을 깨뜨리며 우리를 비웃듯 울려 퍼졌다.

그때 어디선가 낮고 웅혼한 종소리 같은 것이 들리는 것이 아닌가. 지도를 보니 바로 우리가 설악산 등정의 첫 번째 행선지로 삼았던 백담사였다. 우리는 그제야 안도의 한숨을 들이쉬며 발걸음을 재촉했다.

앞에서도 말했지만 당시만 해도 백담사는 작고 가난한 절이었다. 커다란 개울엔 정식으로 된 다리도 없었고, 그저 띄엄띄엄 놓인 돌다리뿐이었다. 돌다리 밑동엔 하얗게 얼어붙은 얼음이 무언지 모르게 이빨 시리도록 정결한 산중의 메시지를 전하는 것 같았다. 주지 스님을 찾아 하룻밤 유할 것을 청하였더니 쾌히 허락을 하시고는 다만 저녁 공양은 어려우니 알아서 해결하고 아침은 준

절간에서 훔쳐 먹은 김치

비하겠다고 했다. 우리야 그것만으로도 감지덕지였다.

　게다가 라면으로 저녁을 때우려는 우리한테 벌건 김장 김치를 몇 포기나 내어주셔서 얼마나 맛있게 먹었는지 모른다. 아무튼 그날 밤, 밤새 꽃샘바람이 무섭게 내리치는 골짜기에서 만해 스님의 그림자를 떠올리며 잠을 청하였다.

　그때에 비하면 모든 것이 너무나 달라졌다.

　전 아무개 대통령이 유배를 당해 머물다 간 이후, 백담사는 전에 없이 큰 건물들이 많이 들어섰다. 만해와 일해(전두환의 호), 그 절대로 가까울 수 없는 인물 두 사람의 추억이 묘하게 공존하고 있는 곳이 바로 오늘날의 백담사였던 것이다. 나는 벌건 김치를 한 가닥 쭉 찢어서 입에다 넣으며 이 기묘한 공존에 대해 불가사의한 수수께끼 같은 것을 느꼈다.

　오줌 누러 나와보니 총총히 빛나는 별밭 너머 어느새 달이 한쪽으로 기울어져 있었다.

　대중이 깊은 잠 속에 빠진 깊은 적요함 가운데 어디선가 나지막하게 밤새 소리가 들려오는 것 같았다. 앵두꽃이 붉게 피는 봄에 다시 한번 찾으리라, 내심 작정하면서 마당 한구석에 오랫동안 방사하였다. 누가 보았으면 기겁을 했을 법한 일이었지만 다행히 아무도 내다보는 사람은 없었다.

† 그때 차를 대접해주셨던 오현 스님은 문학을 사랑하고 문인들을 아끼는 마음이 각별하셨다. 일제시대 지게꾼 출신으로 온갖 세파의 고생도 다 해보셨다는 스님은 팔십 가까운 연세에도 불구하고 형형한 눈빛으로 전혀 흐트러짐 없이 이 무지한 어린 중생들의 객기를 너그럽게 받아주셨다. 빼어난 시조시인이기도 하셨던 스님이 열반하신 지도 벌써 몇 해가 되었다. 그저 인연에 감사하고 죄송할 뿐이다.

일기를 태우며

하루는 문득 여기저기 널려 있던 사진을 정리하고 싶어졌다.

누렇게 색이 바랜 케케묵은 두꺼운 앨범만 해도 여남은 권은 되었다. 예전에는 모두 사진을 인화해서 그렇게 꽂아두고 한 번씩 넘겨보는 게 일이었다. 하긴 지나간 일을 추억하는 데 앨범만 한 것도 없을지 모른다.

그 속엔 우리 결혼식 사진도 있고, 신혼여행 갔던 사진도 있고, 아이들 어릴 때 사진도 있다. 또 지금보다 훨씬 젊은 시절 친구들이랑 실크로드 타클라마칸 사막이나 프라하에 여행 갔을 때의 사진도 있다.

생각하면 얼마나 소중했던 한때였던가. 모두가 시간의 멈춘 채 추억의 한순간들을 담고 있다. 하지만 먼지 묻은 그 앨범을 펼쳐보는 일은 일 년에 한 번도 채 되지 않는다. 사진이 귀했던 시절이라면 몰라도 지금은 넘치고 넘치는 것이 사진이다.

앨범에 담긴 사진은 제쳐두고라도 여기저기 박스에 들어 있는 채 정리하지 못했던 사진, 그리고 디지털 카메라로 찍어서 컴퓨터 도처나 메모리칩에 저장해둔 사진, 스마트폰이 나온 이후 별 생각 없이 그냥 찍어둔 사진까지 하면 어떤 사진이 어디에 있는지도 알 수 없을 정도이다.

이제는 아득하지만 흑백사진 시절이 있었다. 그때는 사진이 귀하여 사진 한 번 찍는다 하면 옷매무새나 표정이나 꽤나 신경을 쓰곤 했었다. 어느 집에 마루 처마 밑, 가장 잘 보이는 곳에 가족들의 흑백사진이 빽빽이 꽂힌 액자가 걸려 있곤 했다. 우리 집에도 큰형님이 군대에서 휴가 나와 형수랑 조카랑 찍었던 아주 오래된 옛날 사진이 나중에 형님이 돌아가실 때까지 걸려 있었다. 다른 형제들도 마찬가지였다.

흔하면 귀하지 않은 법이다.

그런 데다 지금은 과거를 돌아보고 추억을 되씹어볼 여유마저 사라지고 없다. 앞을 바라보고 살아가기도 바쁜 마당에 지나간 시간을 리와인드하여 천천히 음미할 수 있는 틈이 있을 리 없다. 변화의 속도가 빠른 만큼 우리의 현재를 흡수해가는 미래의 힘은 과거의 힘에 비해 훨씬 강력한 법이다. 우리는 다들 휘청거리며 미래를 향해 나아갈 수밖에 없다.

그래서 나는 과감하게 지나간 사진들을 정리하기로 마음먹었다.

일기를 태우며

사진을 정리하기로 한 김에 또 일기가 눈에 들어왔다.

일기래야 체계적으로 잘 정리된 것은 아니고, 그냥 띄엄띄엄 어떤 때는 집중적으로 썼다가 어떤 때는 한참 동안 내버려두었다가, 어떤 때는 길게, 어떤 때는 메모 삼아 기록해두었던 것인데, 그래도 그게 크고 작은 노트 수십 권은 되었다.

건성건성 다시 읽어보니 어떤 부분은 그래도 마음에 와닿는 부분도 없지 않았지만 대부분이 그 시절 사진처럼 지나가고 나면 그뿐인 이야기들이었다. 누구랑 만나서 밥 먹고 술 먹고 떠들었고, 어떤 행사가 있었고, 기분이 좋았던 일 나빴던 일, 등등 그리 남겨서 볼 만한 내용은 없었다.

아동문학가 이오덕 선생은 평생 일기를 잘 써두기로 소문이 난 사람이었다. 그 양반이 돌아가시고 나서 일기가 수백 권이 되었다고 한다. 교사 생활을 오래 하신 데다 성격이 여간 꼼꼼한 분이 아니어서 나는 보지는 못했지만 아마 일기도 빈틈없이 써두셨을 것 같은 생각이 든다. 문단에서 벌어졌던 좋지 않은 이야기, 보기 싫은 인간의 이야기도 많다는 이야기도 들었다. 그래서 그게 출간이 되면 상처 받을 사람이 많아서 그런지 모르지만 아직 책으로 나왔다는 이야기는 듣지 못했다.

우스갯소리겠지만 이순신 장군과 원균 장군은 또 같이 임진왜란의 일등 공신이었지만 한 사람은 영웅이 되었고, 한 사람은 두고두고 간신배가 되고 말았던 것은 이순신 장군은 일기를 써서 남겼지만 원균 장군은 일기를 남기지 않았기 때문이라는 말도 있다.

하지만 일기도 일기 나름이다. 톨스토이 같은 위대한 작가나 이순신 같은 위대한 인물이 아닌 나 같은 사람의 일기는 그저 나 혼자의 추억으로 충분하다. 혹시나 후대에 내가 작가로서 평가를 받아 문학관이라도 지어진다면 구경거리로 진열될지도 모르지만 그런 기대란 난망할뿐더러 만일 그렇다 하더라도 유리 박스 속에 삐뚤삐뚤한 글씨로 쓰여진 아무개 날짜의 기록이 그대로 보인다는 것 역시 창피하기 짝이 없는 노릇일 것이다.

그런 즉, 지나간 일기 역시 과감히 내 손으로 정리해버릴 필요가 있을 것이다.

그리하여 하루 날을 잡아 뒷마당에 불을 피워놓고 사진이랑 일기를 태우기로 작정했다. 남겨놓을 최소한의 것만 남겨두고 가져나가니 몇 박스는 족히 되었다.

생각하면 아까운 마음이 들지 않는 것도 아니었다. 활활 타오르는 불길 속에 사진을 집어 넣을 때마다 추억의 한순간이 타서 사라지는 것 같은 허전한 마음도 들었다. 그러나 허전한 마음보다 불길 속으로 사라지는 사진만큼 나는 점점 과거로부터 해방되어 가벼워지는 기분을 느낄 수가 있었다. 그 순간, 사라지고 없어진다는 것이 꼭 나쁜 것만은 아닐지 모른다는 생각이 들었다.

어쩌면 우리는 과거의 추억이나 기억에 너무 매여 살고 있는지

일기를 태우며

도 모른다. 나이 들어갈수록 미래로 향해 가는 힘보다 과거를 향한 힘이 더 강하다. 하지만 추억도 현재의 여유와 힘이 있어야 하는 법이다. 늙어서 추억한다지만 정신력과 체력이 고갈되어가는 인간에게는 과거를 돌아볼 에너지까지 사라지고 만다. 그러므로 어차피 한번 흘러가버린 과거란 신기루처럼 더 이상 이 세상에 존재하지 않는 것이다.

나의 일기와 사진 역시 그런 신기루의 흔적이니 나와 함께 사라지는 것이 옳을 것이다.

나 이제 마음을 거두리라. 갈고 긴 여행이었구나. 어두운 숲을 정처 없이 헤매었구나. 달콤한 달빛에 취해, 가시에 찢어지고, 늪에 빠진 줄도 모르고 돌아다녔구나. 끝없는 길에 너무나 큰 도박을 걸었었구나.

그래.

이제 모든 길 지나왔으니 이곳에서 마음을 거두리라. 모든 것 시간의 저쪽으로 흘러가게 하리라. 기쁨과 슬픔, 상처 많았던 젊은 날들.

인생이란 언제나 아쉬운 이별로 끝나는 법. 나, 이제 칼로 애마(愛馬)의 목을 베듯 기억들의 날개를 접으리라.

우리는 어쨌거나 싫든 좋든 실존하는 현재를 살아가는 존재들이다.

슬픔의 힘

오로지, 오로지, 살아 있는 것은 현재뿐.

강물처럼 앞으로, 앞으로만 지속하는 현재만이 있을 뿐.

철학자 헤겔의 표현을 빌리자면, "여기에 장미가 있다. 지금, 여기서 춤추어라!"이다.

일기를 태우며

슬픔의 힘

    대학에서 문학을 전공하고 늦은 나이에 시간강사 보따리 장사를 하고 있는 후배가 어느 날 내게 말했다.

    "증오란 게 얼마나 지독한 놈인지 모릅니다. 일단 그놈이 내 몸 어딘가에 자리 잡는 순간부터, 나는 다른 아무런 일도 할 수가 없게 되어버리니까요. 아무런 일도 말이에요. 지난겨울이었을 거예요. 무슨 일인가로 누군가를 미워하게 되었습니다. 처음에는 그냥 기분 나쁜 정도에서 출발했지요. 그런데 이놈이 나도 모르게 점점 뿌리를 내리고 가지를 쳐서 내 몸 구석구석 세포 하나하나까지 뻗어나가 마침내 나의 전부를 집어삼켜버릴 정도가 되어버렸지 뭡니까. 그렇게 되니까, 그때부터 그것은 완전히 나의 이성적 통제를 벗어난 존재처럼 나를 오히려 지배해버리는 것이 아닙니까. 말하자면 나는 그놈의 포로가 되어 아침에 눈을 뜨자마자 증오하는 마음으로 가득 차 온갖 악의적인 상상력을 펼치다가 잠자리에 들 무렵까지, 아니 잠을 자고 있는 동안에도, 온통 분노로 이를 갈게 되었지 뭡니까. 미칠 것 같더군요. 아니, 정말 미쳤어요! 아무리 좋은 음식을 먹어도 맛이 없고, 아무리 아름다운 풍경을 보아도 기쁘지가 않더군요. 뭐랄까. 내 몸뚱아리 속에 흑암 덩어리 하나가 빙빙 돌아다니다가 아무 데나 철썩 달라붙어 오그라들게 만드는 느낌이랄까. 아, 얼마나 지독한지! 증오란 게 얼마나 무서운 놈인지 그때 비로소 깨달았어요."

그러면서 그는 진저리라도 치는 양 머리를 흔들었다. 그는 매우 선량하고 순진하기까지 한 사람이었는데 오히려 그런 선량함과 순진함이 그로 하여금 그런 지독한 상태에 빠지게 만들었을지도 모른다는 생각이 들었다.

불안은 영혼을 잠식한다는 말이 있지만 증오야말로 영혼을 파괴하는 힘을 가지고 있다. '증오의 불길'이라는 표현 속에도 나타나 있듯이 증오는 타오르는 불길과도 같은 형상을 가지고 있다. 그럴 뿐만 아니라 한 번 붙은 불길은 쉽사리 잡을 수가 없다. 그리고 절대로 저절로 꺼지는 법도 없다.

그 젊은 후배의 말대로 처음에는 작은 불씨처럼 시작한 증오라도 시간이 지남에 따라 점점 기세를 더하여 마침내는 영혼을 파괴하는 지경에까지 이르고야 마는 것이다. 그만큼 증오의 감정이란 격렬하고 무서운 것이다.

나 역시 그런 증오의 감정을 일상 속에서 자주는 아니지만 그래

슬픔의 힘

도 흔하게 맞닥뜨린다. 아니. 미움, 분노, 화, 적대감 등이 모두 증오의 범주 안에 들 터인데 그렇게 보자면 나도 어쩌면 하루 종일 증오에 싸여 있는지도 모르겠다. 누구를 미워하거나, 못마땅해하거나, 분노하거나, 적대감을 갖거나, 화를 내지 않는 시간이 오히려 드물 지경이니 말이다.

그래도 일상 중에 스쳐 지나가는 그런 감정의 굴곡이야 인간인 이상 누구나 피해 갈 수 없는 인지상정으로 치부할 수도 있겠지만 집요하게 일어나는 증오심만은 그럴 수가 없다. 나도 언젠가 가까운 한 사람을 미워한 적이 있었는데, 난처한 것은 그와 매일 얼굴을 부딪치지 않으면 안 된다는 사실이었다. 미워하는 사람과 얼굴을 부딪치며 살아야 한다는 것만큼 고통스런 일이 어디 있을까.

한번 미운 마음이 일어나면 그 사람의 행동 하나, 말투 하나까지 다 보기 싫어지게 마련이다. 나는 그의 머릿속이나 마음속까지 들여다보는 기분이었고, 그 역시 나의 머릿속과 마음속까지 살피고 있는 것 같았다.

미움은 곧 증오심으로 바뀌었다. 나는 밤낮없이 그를 떠올리며 그가 과거에 나에게 섭섭하게 했던 행동, 말들을 기억해내었다. 예전에는 보기 좋았던 그의 행동이 지금은 그처럼 어리석고 바보스러울 수가 없었다. 나는 그에게 상처를 주고 싶었다. 그리하여 머릿속으로 밤낮없이 나는 가상의 대상인 그를 향해 치명적인 말들을 준비하였고, 그것을 수없이 마음속으로 되풀이하여 곱씹어보곤 하였다.

그 후배의 말처럼 증오심이 나의 영혼을 파괴하기 시작했던 것이다.

밤에도 잠을 제대로 이룰 수가 없었고 극심한 악몽에 시달렸다. 남의 이야기를 듣는 중에도 나는 계속해서 그 사람과 서로 심장을 찌르는 긴장된 대화를 나누고 있었던 것이다. 더구나 시간이 지남에 따라 그 한 개인에 대한 증오심을 넘어 세상 사람들에 대한 원망과 적대감으로 나아가고 있다는 것을 발견했다. 그를 좋아하거나 그와 말을 나누고 있는 사람은 모두 나의 적이었고, 멸시의 대상이었다.

결국 더 이상 어찌해볼 수 없는 어떤 순간에 가서야 나는 내 마음이 황무지로 변해 있다는 것을 깨달았다. 그 황무지는 일종의 전쟁터였다.

실상 상대방은 전혀 그렇지도 않은 것 같은데 내 마음속에는 그들이 모두 적이 되어 나와 일대 전쟁을 벌이고 있었던 것이다. 세상 모두 미운 사람 천지였다. 도저히 안 되겠다 싶어 나는 며칠간 휴가를 내어 혼자 깊은 묵상에 들어갔다. 그렇지 않으면 미치거나 폐인이 되거나 둘 중의 하나가 될 것 같았기 때문이다.

그러나 고백하자면 처음 며칠 동안은 묵상조차 잘 이루어지지 않았다. 눈을 떠도 감아도 여전히 미운 얼굴과 분노 어린 대화를 하고 있을 뿐이었다. 정신은 혼란스러웠고, 마음은 마를 대로 말라

갔다. 마음의 불길은 쉽사리 꺼지지 않았다. 그리고 꺼질 가망도 없는 듯이 보였다. 그런 상태로 묵묵히 앉아 시간을 보내었다. 수많은 사람들의 얼굴과 수많은 싸움들이 환영처럼 지나갔다.

희랍 속담에 시간이야말로 가장 현명한 스승이란 말이 있다.

아무것도 하지 않아도 시간이 흐르면 대개 문제가 저절로 풀려 나가는 법이다. 과연 어느 정도 시간이 흐른 후, 나의 가슴에 작은 빛 같은 게 비치기 시작했다. 너무나 고요한 어느 저녁 시간이었다. 그 순간 문득, 그동안 내가 가졌던 증오심이 얼마나 터무니없는 것이었는지를 알게 되었다. 미움과 사랑은 정말 종이 한 장 차이에 불과했단 말인가. 그동안 나를 끌고 다니던 그놈의 증오심이란 게 얼마나 터무니없는 것이었는지 웃음이 다 나올 지경이었다.

사랑과 마찬가지로 증오 역시 하나의 집착에서 비롯된 것이다.

그리고 그 집착은 대체로 나 위주의 사고에서 발생하는 것이다. 일단 터닝포인트가 발견되고 나면 불길을 잡는 것은 시간문제이다. 나는 나의 눈앞에 가려져 있던 어떤 베일이 벗겨지고 새롭게 눈을 뜨는 기분이 들었다. 그리하여 나는 드디어 그놈의 지긋지긋한 증오심의 사슬에서 해방될 수 있었던 것이다.

대개의 증오란 무지와 편견과 오해에서 출발한다.

그리고 그런 경우, 혼자 자신의 마음을 들여다보고 앉아 있으면 대체로 해결 가능한 것이다. 그러나 이런 묵상조차도 통하지 않는 증오란 것이 있다. 아마 그 젊은 후배가 경험했던 증오도 그런 종류에 속했을는지 모른다.

이렇게 한 번 불붙은 증오는 아무리 묵상과 명상, 참선을 한다 해도 쉽사리 사그라들지 않는다. 더구나 갇혀 있는 자의 증오심은 남에게 향하기 전에 먼저 자기 자신에게 정말 치명적인 것이었다. 뚫고 나갈 출구가 없는 증오는 안으로, 안으로 파고들어 마침내 그 자신을 먼저 죽여버리고 말 것이기 때문이다.

이때 나의 경험으로 말하자면, 분노의 불길을 끄는 유일한 감정은 슬픔뿐이다. 분노를 불에 비유한다면 슬픔이야말로 물이나 강으로 비유되는 감정이 아닌가. 그리고 불을 끄는 유일한 방법은 물을 끌어들이는 것뿐이지 않겠는가.

아, 슬픔만큼 깊고 아득한 감정이 어디 있을까.

과거의 슬펐던 장면을 떠올리며 어느덧 눈에 가득 뜨거운 눈물이 고이는 순간, 그리고 그 눈물이 뺨을 타고 흘러내리는 순간, 모든 것은 너무나 덧없으며, 증오조차 덧없는 어떤 것이란 걸 깨닫는다. 그 순간 증오의 불길은 꺼지고 대신 한없이 깊은 추억의 저 밑바닥에서 나를 부르는 소리가 들리는 순간이 온다.

그러면 된 것이다. 그러면 더 이상 증오 때문에 미치거나 죽을 염려를 할 필요가 없다.

누군가를 사랑하는 것 역시 참으로 격렬한 감정 중의 하나이다.

슬픔의 힘

그리고 누군가를 미워하는 것 역시 그 못지않게 격렬한 감정이다. 생을 고(苦)라고 한 부처님의 말씀이 아니더라도 이 세상을 살아가는 동안 우리는 누구라도 사랑과 미움이라는 이 고통스런 감정의 파고를 피해 갈 수는 없다.

하지만 감정이 제멋대로, 가는 대로 그대로 둘 수는 없다. 오히려 우리는 그 감정의 파고를 잘 넘어가 전혀 새로운 상태에 이르지 않으면 안 된다. 그 순간, 맛보는 행복감과 해방감을 어떻게 말로 다 표현할 수가 있겠는가.

증오가 인간의 영혼을 파괴한다면 슬픔은 인간의 영혼을 정화하고 구원하는 힘을 발휘한다. 그리고 그런 슬픔 역시 훈련을 하여야 한다.

슬퍼할 줄 안다면 증오심도 넘어갈 수 있다.

독서만필(讀書漫筆)

점심시간 산책을 나갔다가 헌책방에서 데이비드 소로의 『월든』을 한 권 샀다. 길가에 쌓아놓은 책 중에 맨 위에 있어 금방 눈에 띄었던 것이다.

예전에도 이 책을 두어 차례 샀던 적이 있었지만 누군가가 빌려가서 돌려주지 않는 바람에 늘 새로 한 권 생겼으면 하고 바라던 참이었는데 마침 잘되었다 싶었다. 나는 책을 쓰기도 하고 출판사를 하며 책을 만들기도 하지만 모아두지는 않는 성미인데 몇몇 책은 그래도 꼭 책꽂이에 꽂혀 있었으면 하는 것이 있었다. 그중의 하나가 바로 『월든』이었다.

주인장에게 물어보니 사천 원을 내란다. 정가로 찍혀 있는 게 육천오백 원인데, 너무 비싸다고 했더니 그럼 오백 원을 깎아서 삼천오백 원에 가져가란다. 나는 속으로 만족을 하며 오천 원을 주고 천오백 원을 거슬러 받았다. 그리고 돌아서려다가 그 옆에 『소크라테스의 변명』이 있기에 별 생각 없이 집어서 물어보니 주인 역시 별 신통치 않은 표정으로 단돈 천 원에 가져가란다. 하긴 색이 누렇게 바랜, 세로로 조판된 낡은 문고본이니 별로 가격이 나갈 까닭이 없었다. 나는 거스름돈으로 받은 천오백 원에서 인심을 쓰듯 천원을 떼어주고『소크라테스의 변명』을 덤으로 끼고서 다시 산책길에 올랐다.

그 책 역시 서가의 어딘가에 꽂혀 있을 테지만 단지 천 원 한 장에 소크라테스를 샀다는 만족감에 별로 아까운 느낌이 들지 않았다. 그러고 보니 점심값과 같은 단돈 오천 원으로 소크라테스와 소로를 산 것이다! 거기다가 수중에 반짝이는 오백 원짜리 동전까지 하나 남아 있지 않은가.

그렇다고 내가 언제나 헌책만을 고집하는 것은 아니다. 얼마 전에는 범우사에서 갓 나온『체호프 선집』다섯 권을 거금(?)을 주고 구입을 하였다. 신문에서『체호프 선집』이 나왔다는 광고를 보고 나는 아무런 주저 없이 곧 출판사에 전화를 걸어 한 질을 부탁했는데 책이 배달되자마자 너무나 반가워 그 자리에서 읽기 시작했던 것이다.

체호프는 정말 재미있는 작가이다.「벚꽃 동산」을 비롯해 짧은 그의 단편을 읽으면 나는 몇 번이고 혼자 웃지 않을 수가 없다. 짧고도 톡톡 튀는 문장, 놀라운 익살, 풍자와 해학, 그는 그런 글로 당시 러시아 가난한 민중들의 삶을 때로는 우스꽝스럽게, 때로는 비수처럼 날카롭게, 그려내고 있는 것이다. 나는 문학소년 시절, 그러니까 대체로 고등학교 시절, 과중한 입시의 틈바구니 속에서도 러시아의 기라성 같은 작가들을 스승으로 삼아 혼자 문학 수업을 하였는데 정말 러시아는 그것만으로 축복 받은 나라란 생각이 들었다. 나중에 모스코바에 있는 톨스토이의 집과 페테르부르크에 있는 도스토옙스키의 집을 방문할 기회가 있었는데 비가 부슬부슬 내리는 여름, 아아, 나는 정말 마치 꿈이라도 꾸는 듯한 황홀한 느낌에 빠져 그들의 집을 둘러보았다.

그 러시아 작가들 중에서도 내가 가장 친근하게 느끼고 사랑하는 작가는 투르게네프다. 얼마 전에도 나는 아이들 세계문학전집 속에 들어 있는 (요즘은 고전이 모두 아이들 책으로만 팔리고 있다) 『사냥꾼의 일기』를 읽었는데 지금 읽어도 그의 문체는 눈물이 날 만큼 아름답다. 러시아의 광활한 자연과 가난한 민중에 대한 그의 문학적 열의에 다시 한번 오랜만에 깊은 감동을 느꼈다. 사람들로 하여금 읽고 다시 읽으며 씹을 수 있게 하는 글이란, 다시 말해 마음 깊이 오랫동안 음미할 수 있게 하는 글이란, 얼마나 놀라운 축복인가!

사무실로 돌아온 나는 먼저 덤으로 산 소크라테스부터 펴 들었다. 싼(?) 책이니까 얼른 일견하고 본격적으로 소로를 보기 위해서였다. 황문수 선생이 번역한 소크라테스는 약간 고투이기는 하지만 무척 꼼꼼하고 해설도 볼 만하다.

「변명」「크리톤」「파이돈」이 있지만 「파이돈」 편만 보기로 했다. 알다시피 「파이돈」은 소크라테스가 감옥에서 독배를 마시고 나서 제자들과 함께 죽음과 영혼불멸에 관한 토론을 벌인 내용이다. 죽음 직전의 소크라테스가 수다스럽게(?) 한 말들을 제자 중의 한 명이었던 파이돈의 입을 통해 전해주는 이야기다. 다시 말해 「파이돈」은 철학자 소크라테스가 죽음에 이르는 과정의 기록이자 죽음에 대한 그의 생각을 담아놓은 책인 것이다.

나는 그의 말 중 내가 좋아하는 말들에 밑줄을 그어놓는다.

'참된 철학자는 항상 죽음을 연습하고 있으며, 따라서 죽음을 가장 두려워하지 않는 사람들이다.'

아마 철학자 소크라테스처럼 죽기 직전까지 줄기차게 이야기하고, 말을 건넨 사람은 아무도 없을 것이다. 그것도 아주 고차원적이고 철학적인 주제를 가지고 말이다. 보다 못해 그에게 사형을 집행할 간수가 소크라테스의 친구에게 제발 저 사람 말 좀 그만하게 해달라고 부탁까지 해야 했다.

"소크라테스. 자네에게 독약을 줄 책임을 진 간수가 전하길 제발 말 좀 적게 해달라는구먼. 말을 많이 하면 열이 오르고, 열이 오르면 독약의 약효가 떨어져 두 번 세 번 마시지 않으면 안 된다고 하네."

그러자 소크라테스, 화를 벌컥 내며 말했다.

"아, 그 친구. 조금 참아달라고 하게나. 안 되면 두 번 세 번 마셔주면 될 것 아닌가."

독약이 무슨 오렌지 주스도 아니고……. 이쯤 되면 할 말이 없다.

나는 소크라테스의 『대화록』을 젊은 시절 감옥에서 읽었는데 이 부분에서 그만 혼자 소리 내어 웃지 않을 수가 없었다. 무슨 하고 싶은 이야기가 그렇게도 많았을까? 문 앞에서 그를 기다리고 있는 죽음이 알면 기분 나쁠 일이 아닌가.

그는 당시 아테네의 젊은이들을 선동했다는 죄목으로 사형 선고를 받았다. 요즘 말로 하자면 정치범이었던 셈이다. 그때 그의 나이 칠십이었다. 이 고령의 늙은이를 굴복시키기 위해 굳이 죽일 필요는 없었을지도 모른다. 더구나 감옥이 허술해 마음만 먹으면 얼마든지 제자들의 도움을 받아 도망갈 수도 있는 상황이었다. 그러나 그는 그렇게 하지 않았다. 자기가 도망을 가면 반대자들이 옳았다는 증명을 해주는 꼴이라고 하면서…….

그런데다 그는 죽음이 일종의 자유라고 생각했다. 우리 모두가 두려워하고, 공포스러워하고, 외면하고 싶은 그 죽음이 말이다.

파이돈은 자기 친구에게 이렇게 말했다.

"나는 그의 곁에 있는 동안 이상한 느낌이 들었다네. 왜냐하면 거기 있는 동안 나는 죽음을 앞둔 사람의 임종 자리에 있다는 생각이 거의 믿기지 않았고, 따라서 에케크라테스, 이상하게 그가 가엽다는 생각도 전혀 들지 않았다네. 그는 조금도 두려운 빛을 나타내지 않았어. 그의 말이나 태도는 너무나 고상해서 나는 그가 오히려 축복을 받았다고 생각을 했을 정도였다네."

독배를 마시던 날 소크라테스의 제자들과 친구들은 그가 있던 감옥으로 아침 일찍 찾아갔다. 형 집행은 그날 해가 저물 무렵에 있을 예정이었다. 소크라테스는 아무런 동요 없이 태평한 모습으로 그들을 맞았다. 악처의 대명사로 시중에 너무나 잘못 알려진(거룩한 분들의 아내들은 대체로 악처라고 소문이 나기 쉽다) 그의 아내 크산티페가 아이들을 데리고 먼저 와 있었다.

"우리가 감옥으로 들어가보니 소크라테스는 방금 사슬에서 풀려나 있었고, 그 옆에는 당신도 잘 아는 크산티페가 아이들을 안고 있었다네. 크산티페는 우리를 보자 참고 있던 울음을 터뜨렸어. 그러자 소크라테스가 클리톤을 바라보며 말했다네. '클리톤, 누구를 시켜 저 사람 집으로 좀 데려다주게.' 그래서 클리톤의 하인 한 사람이 가슴을 치며 통곡하는 크산티페를 데리고 밖으로 나갔다네."

보통 사람이 아닌 철학자 소크라테스와 그저 보통 사람일 뿐인 부인 크산티페의 모습이 잘 드러나는 장면이 아닐 수 없다. 크산티페가 나가고 나자 소크라테스는 굳어 있던 발을 문지르며 찾아온 친구와 제자들과 함께 평소와 다름없는 마지막 대화, 곧 '죽음'을 주제로 한 이야기를 나누기 시작했다. 아주 평화롭고 태평한 모습으로……

슬픔의 힘

소크라테스에 의하면 인간은 영혼과 육체로 이루어져 있다. 그런데 육체는 영혼의 감옥이라는 것이다. 이 감옥으로부터 영혼을 해방시켜주는 것이 바로 죽음이다. 죽음이 발생함으로써 영혼은 비로소 육체로부터 해방되고 독립된다. 죽음을 통해서만 영혼은 비로소 궁극적인 지혜에 도달할 수 있고 세상의 순수한 실체를 볼 수가 있다. 그러므로 참된 철학자는 "항상 죽음을 연습하고 있으며 따라서 죽음을 가장 두려워하지 않는 사람들"이라는 것이다. 그것이 이른바 영혼불멸설이다.

소크라테스는 말했다. 모든 죽은 것은 산 것으로부터 나오며 반대로 모든 산 것은 죽은 것으로부터 나온다. 우리가 지금 알고 있는 모든 것은 이전에 이미 우리가 알고 있던 것이며, 현재 우리가 알고 있는 것 역시 우리의 죽음 이후에도 어떤 형태로 남아 있게 된다. 영혼 역시 우리가 태어나기 전에 존재했던 것으로, 우리가 죽고 나서도 바람에 날려가듯 흩어져 사라지는 것이 아니라 어떤 형태이든 여전히 존재해야 하는 것이다.

"곧 영혼은 신적인 것에 매우 흡사하고, 불멸하며, 예지적인 것이며, 단일한 형태를 갖고 분해되지 않으며, 변화되지 않는 것이다. 그에 비해 육체는 가장 인간적인 것이며, 사멸되어야 하고, 예지적인 것이 아니며, 많은 형태를 가졌고, 분해되며, 변화하는 것이다. 그러므로 철학자는 살아 있는 동안에도 이 영혼이 맑고 깨끗하고 지혜로운 상태를 유지할 수 있도록 노력해야 하고, 종국에는

독서만필(讀書漫筆)

육체를 떠나 영혼 그 자체의 순수함으로 돌아갈 준비를 하고 있어야 한다. 그것이 죽음일진대 무엇이 두렵고 슬프단 말인가!"

그리고 나서 그는 태연히 독배를 들었던 것이다.

"말을 마친 소크라테스는 태연하고 온화한 태도였고, 조금도 두려운 빛을 내지 않았으며 안색이나 표정이 변하지도 않았네. 그리고는 잔을 입술에 대고 유쾌한 표정으로 독약을 마셨어. 그때까지 우리는 슬픔을 억누르고 있었지만 이제 그가 독약을 마시기 시작하자 더 이상 참을 수가 없었다네. 나도 모르게 눈물이 줄줄 흘러내렸네. 소크라테스를 위해서라기보다는 그런 벗과 헤어져야 하는 나의 불운이 슬퍼서 울었던 것이었어. 나만 그런 게 아니었다네. 클리톤은 눈물을 억제할 수 없게 되자 일어나서 밖으로 나갔고, 아폴로도로스는 큰소리로 처절하게 통곡을 했다네. 소크라테스만이 침착하더군."

그는 또 말했다.

"독약을 마시고 잠시 후 간수는 그의 발을 세게 누르면서 감각이 있느냐고 물었다네. 소크라테스는 없다고 말했네. 그 다음에는 다리를 눌러보고 차츰 위로 올라가면서 눌러보더니 간수는 차츰 몸이 차가워지고 굳어지고 있다는 것을 시늉으로 알려주었네. 소크라테스 자신도 그것을 알고 있다는 듯이 말했다네.

'독이 심장까지 미치면 마지막이네.'

하반신이 마비되기 시작했을 때 소크라테스는 얼굴 가린 것(그

슬픔의 힘

는 그때 관례대로 얼굴을 수건으로 가리고 있었네)을 들치고 말했다네.

'참, 클리톤. 나는 아스클레피오스에게 닭 한 마리를 빚졌네. 기억해두고 있다가 내 대신 꼭 좀 갚아주게나.'

'그러지요. 꼭 갚아주겠어요. 더 하실 말씀은 없나요?'

클리톤이 말했네. 그러나 더 이상 소크라테스는 대답이 없었네. 일이 분 후에 몸이 약간 꿈틀하고 움직였을 뿐이었어. 간수가 그의 얼굴 가린 것을 벗겨내었네. 소크라테스의 눈은 더 이상 움직이지 않았다네. 클리톤은 그의 눈을 감기고 입을 다물게 했다네."

이것이 서양 정신의 발원이자 4대 성인 중의 한 분이신 위대한 철학자 소크라테스의 마지막 모습이다. 어떤 이는 이 장면을 두고 그가 '인류를 위해 축배'를 들었던 것이라 한다. '인류를 위하여 축배를!' 이 얼마나 멋있는 말인가.

인간은 누구나 죽는다. 그러나 죽음에 대한 태도는 얼마든지 선택할 수 있다. 그리고 이를 소크라테스는 말과 행동으로 직접 보여주었던 것이다.

대학 시절 현상학과 희랍어를 가르쳐주셨던 윤명로 교수님(나의 주례 선생님이기도 하셨는데 고백하자면 결혼식이 끝나고 지금까지 한 번도 찾아뵙지를 못한 채 돌아가셨으니 부디 용서를 바랄 뿐이다.)께서 피난길에 품에 숨겨 가져간 책도 유일하게 희랍어로 된 이 「파이돈」 한 권이라고 했다.

「파이돈」은 죽음의 두려움에 떨고 있는 사람들에게 언제나 큰 위안을 주는 책이다. 무엇보다 이성의 힘에 의지하여 철학자답게 치밀한 논증을 해나가는 소크라테스의 놀라운 예지는 재미를 넘어 박진감까지 느끼게 한다. 그럴 뿐만 아니라 딱딱한 논증 뒤에는 그의 따뜻한 마음과 유머가 넘치고 있다

하여간 단돈 천 원에 산 소크라테스는 나의 오후 시간에 적어도 그 열 배, 백배의 값어치는 한 셈이었다. 더불어 잠시나마 참으로 열정적이고 논쟁적이었던 대학 시절의 추억에 잠길 수 있었으니 덤으로 산 책 치고는 너무 과분한 것을 얻은 것은 아닌지 모르겠다.

소크라테스를 훑어보고 난 후, 나는 드디어 오늘의 메인 메뉴인 『월든』을 들었다. 『월든』을 읽으려면 먼저 두 가지를 준비해두어야 한다. 하나는 여유로운 시간이며 다른 하나는 연필이다. 왜냐하면 『월든』은 마치 맛있는 음식을 먹을 때 혀끝으로 오랫동안 음미를 하며 먹듯 천천히 되새김질을 하며 읽어가야 하는 책이기 때문이다. 그리고 연필이 필요한 까닭은 밑줄을 쳐두어야 할 아름다운 표현법과 지혜로운 말이 도처에 널려 있기 때문이다. 그런 까닭에 나는 서두르지 않고 먼저 표지와 목차, 머리글을 꼼꼼히 살펴본다. 앞날개에는 저자인 소로에 대한 간략한 소개가, 뒷날개에는 그의 또 다른 저서에 대한 소개가 씌어 있다.

……데이비드 소로. 1817년 미국 매사추세츠주 콩코드에서 태어나 1862년에 폐결핵으로 죽었다. 하버드대학을 졸업했으나 안정된 직업을 갖지 않고 측량이나 목수 등의 노동으로 생계를 유지하며 글을 썼다. 1845년 그는 월든 호숫가의 숲속에 들어가 통나무로 집을 짓고 밭을 일구면서 모든 점에서 소박하고 자급자족하는 생활을 하였다.

『월든』은 이 숲 생활을 기록한 책이다. 1854년 출간된 이 책은 당시에는 별다른 주목을 끌지 못하였다. 그러나 오늘날에는 19세기에 쓰인 가장 중요한 책들 중 하나로 평가되고 있다.

역자인 강승영이란 분도 재미있다. 그는 이 책을 번역하기 전에 소로가 살았던 월든 호수를 찾아가는 수고를 아끼지 않았다고 했다. 밤새 눈이 내려 수북이 쌓인 겨울 아침, 대학 시절에 읽었던 책의 무대를 찾아 월든으로 가는 역자의 모습 또한 아름답지 않은가. 이 정도의 열성이 있어야 번역도 비로소 피와 살을 얻는 법이다.

헤아려보건대 나 역시 대학 때부터 지금까지 이 책을 거의 서너 번에 걸쳐 읽었다. 그리고 그때마다 새로운 감동에 젖고 무언가 새로운 다짐을 하곤 했었다. 워낙 둔한 데다 바탕이 부족하여 금세 잊어버리긴 해도 나의 뇌세포 어딘가에는 소로의 말이 경구처럼 남아 있을 터였다.

주지하다시피 소로는 6, 70년대 반전평화운동과 히피운동의 스승이었다. 그리고 『월든』은 그들의 교과서였다. 그런데 삼십 년이 훌쩍 지나간 지금에도 여전히 그의 말은 생생하게 살아 있는 현재진행형으로 더욱 강한 힘을 가지고 나타난다. 그의 글은 매우 겸손하고 지혜와 영감으로 가득 차 있으며, 도처에 거룩한 것과 영원한 것에 대한 종교적 묵상으로 장식되어 있고, 그래서 어떤 철학책이나 문학작품보다 더 깊고 더 아름답기까지 하다.

그러나 이른바 문명의 이름으로 가려진 무지와 편견, 비인간화된 사회에 대한 비판은 너무나 통렬하기 짝이 없다. 특히 자기 노동으로부터 소외된 채 노예나 다름없이 살아가는 근대인에 대한 경고는 지금 읽어도 가슴 깊이 울린다.

"……대부분의 사람들은 무지와 오해 때문에 부질없는 근심과 필요 이상으로 힘든 노동에 몸과 마음을 빼앗겨 인생의 아름다운 열매를 한번 따보지도 못하고 생을 마친다. 지나친 노동으로 투박해진 그의 열 손가락은 열매를 딸 수 없을 정도로 떨리는 것이다."

그리고 그는 이어서 말한다.

"……이를테면 피라미드에 대해 말해보자. 그처럼 많은 사람들이 어떤 야심만만한 멍청이의 무덤을 만드느라 자신들의 전 생애를 허비하도록 강요되었다는 사실 외에는 별로 놀랄 것도 없다. 차라리 그 작자를 나일강에 처박아 죽인 후, 시체를 개에게 뜯어 먹히게 하는 것이 더 현명하고 당당했으리라."

우리는 생존하기 위해 노동을 한다. 하지만 마침내는 노동을

위해 생존하게 되는 것이다. 나처럼 노는 것이 주업인 사람도 평
소에 일에 중독된 사람들처럼 일을 하고 있지 않으면 불안하다.
혹시 인생을 헛되게 보내고 있는 것은 아닌가, 나 혼자 낙오자로
밀려나는 것은 아닌가, 하는 등등의 불안이 무슨 죄책감처럼 밀
려오는 것이다.

하지만 소로는 다르다. 그는 필요한 이상의 노동은 일종의 죄악
으로 치부하고 있다. 잉여노동은 잉여가치를 낳고 잉여가치는 필
경 쓸데없는 부, 남을 지배하거나 더 많은 부를 축적하기 위한 새
로운 노동을 낳는다. 그리고 그 역시 그 노동에 종속되고 마는 것
이다. 소로는 그 대신 남은 시간을 진정으로 자신에게 집중하는 시
간, 산책하며 자연과 신을 묵상하고 찬미하는 시간에 바칠 것을 권
한다.

"……내가 숲속으로 들어간 것은 인생을 내 의지대로 살아보기
위해서였다. 그리고 인생이 가르치는 바를 내가 배울 수 있는지 알
아보고자 했던 것이며, 그리하여 마침내 죽음을 맞이했을 때 내가
헛된 삶을 살았구나 하고 깨닫는 일이 없도록 하기 위해서였다."

그는 이러한 자신의 생각을 증명하기 위해 몸소 통나무로 집을
짓고 옥수수와 감자를 심었다. 그리고 거기에 들었던 경비와 노동
과 소출을 일일이 기록하였다. 그럴 뿐만 아니라 월든 호수와 그
주변의 삶을 거의 시적 아포리즘으로 그리고 있다.

나는 언젠가 그와 유사한 삶을 살았던 스콧 니어링 부부에 대해

서도 소개한 적이 있다. 백 년의 시차가 있지만 그들의 삶은 대단히 일치하는 바가 많다는 것을 알 수 있다. 물질적인 것을 넘어 보다 영적인 삶을 찾아가는 것이 바로 그들이 선택했던 삶의 방식이었다. 그들은 비록 가난했지만 지혜롭고 행복한 삶을 찾아 숲속으로 들어갔던 것이다. 사족 같지만 언젠가 내가 피치 못할 병으로 자리에 눕는다면 나의 병상 곁에는 『월든』을 두고 싶다. 『월든』을 읽으며 월든 호수의 아름다운 사계와 한 정결한 영혼의 목소리를 들을 수 있다면 얼마나 위로가 될 것인가!

어쨌든 단돈 오천 원을 들여 이렇게 기분 좋게 독서를 할 수 있었으니 그저 감사할 따름이다.

나의 문학 이야기

내가 소설이라고 처음 써본 것은 대학 삼 학년 무렵이었다. 당시 법대생 선배였던 평론가 이동하 형이 나를 일컬어 '행복한 낭만주의자'라고 불렀던 것이 기억난다. 철없이 떠들고 걱정 없이 돌아다니는 나의 꼴에 대한 은근한 핀찬의 말이었을 것이다.

하지만 그 시절의 낭만이란 장발에 통기타와 생맥주를 빼고는 온통 암흑과 같았던 유신독재 치하의 낭만이었으니 지금 생각하면 참으로 우울하고 답답하던 시절이었다. 가끔 〈아침이슬〉을 지은 김민기가 중앙정보부로 잡혀가서 죽도록 얻어터져 병신이 되었다더라는 소문도 들렸고, 가리봉동 어느 공장에서 여공들이 똥물을 뒤집어썼다더라는 풍문도 들렸다.

우리는 최인호의 『바보들의 행진』을 읽으며 낄낄거렸고, 황석영의 『객지』를 읽으며 무언지 모를 비장함에 잠기고는 했다. 선배도 없었고, 달리 위안거리도 없었다. 신문과 방송은 모두 눈을 막고,

귀를 가리고 있었다. 그런 시절이었다.

그 무렵 친구 중의 한 녀석이 군대를 갔다. 내가 다니던 국립대 도 아닌 삼류대에 다니던, 서클에서 만난 지지리도 가난했던 놈이 었다. 그 친구랑 청계천에서 통행금지 사이렌이 울릴 때까지 술을 마시고 차와 사람이 거짓말처럼 사라진 거리를 날 잡아가라 소리 치고 고래고래 노래하며 걸어가다가 얼마 가지 않아 경찰에게 잡 혔다. 그러고는 일단 파출소로 끌려갔다.

그러나 낼모레 군에 갈 놈이라니까 근처에 있는 여인숙을 찾아 가보라고 보내주었다. 우리는 청계천 뒷골목으로 들어갔다. 뒷골 목 입구에 담배 가게가 있고 그 이 층에 여인숙 간판이 보였다. 일 제시대 때 지어진 작고 낡은 건물이었다. 겨우 계단에 매달리다시 피 하여 올라가니 코딱지만 한 방이 여럿 달린 통로가 나왔고 그 끝에 카운터가 보였다. 대머리 영감이 주인이었다. 우리는 돈이 없 어 시계를 끌러주고 방에 들어가자마자 술 사 오라는 친구의 윽박 에 주머니를 털어 소주 몇 병과 오징어 한 마리를 사 왔다.

이불에서는 곰팡이 냄새가 나서 도저히 누울 수도 없었다.

술에 취한 그 친구는 기어코 엉엉 소리 내어 울었다. 그리고 "복 수할 거야. 복수할 거야." 하고 밑도 끝도 없이 혼잣말처럼 뇌까려 대었다. 어쩔 수 없이 나는 그 밤을 온통 추위와 이유 없는 청춘의 아픔과 설움에 젖은 채 그와 함께 보냈다.

그리고 새벽에 집에 돌아오자마자 바로 그 '소설'이란 것을 썼던 것이다.

「닭」이라고 이름 붙여진 그것은 제목 그대로 날개를 잃어버린 채 대가리를 땅에 처박고 지렁이를 찾는 닭의 족속에 빗대어 우리의 탈출구 없는 청춘을 이른바 '의식의 흐름 기법'으로 그린 단편이었다. 그것으로 나는 대학신문사에서 주최하는 '대학문학상'을 타서 일약 대학 문단의 혜성(?) 같은 존재가 되었다. 돌아가신 김현 선생과 김윤식 선생이 뽑아주었다. 나중에 두 분을 만났더니 그런대로 문체가 재미있어 뽑아주었는데 대학문학상 받은 사람 중에 이청준같이 유명한 작가가 된 사람도 있으니 열심히 하라고 하셨다.

하지만 세상은 내게 조용히 문학을 하거나, 혹은 내가 전공하던 철학의 철학도로서 '엄밀한 학으로서의 철학'을 하도록 가만히 내버려두질 않았다. 대학문학상을 받았다는 인연으로 인문대 학보사 편집 일을 맡고 있었는데 학보사라는 데가 이른바 고민 많고 사랑 많은 운동권 친구들의 아지트 비슷한 곳이었던 것이다. 그리하여 행복하고 철없었던 실존주의자이자 낭만주의자였던 나마저 시대가 던지는 무거운 질문과 마주하지 않을 수가 없었다.

그 때문에 요주의 인물로 찍혀 있었는데 대학 사 학년 말미의 초겨울 어느 날 밤, 등사기를 들고 가다가 기어코 낙성대 입구에서 지키고 있던 형사들에게 들키고 말았다. 때늦은 차가운 비가 추절 추절 내리고 있었다. 나는 마치 오랫동안 예감되어온 것처럼 그들의 손아귀에 낚아채여 어딘가에 내팽개쳐졌다. 그곳은 바로 0.7평의 어두운 감옥소 독방이었다. 시골 한의사의 십 남매 중 아홉 번째로 태어나 그래도 서울까지 유학 보낸 나의 추락은 실로 우리 집안 모두에게 청천벽력이 아닐 수 없었을 것이다.

그로부터 오 년, 나는 세상의 밖에서 살았다.

발도 제대로 펴지 못하는 독방에서 일여 년 있다가 다시 여러 명이 어울려 사는 방에서 반년을 보내고 나오자 집으로 영장이 날아와 있었다. 이번에는 군대로 가라는 전갈이었다. 원래 옥살이를 한 젊은이는 군대 부적격자로 군이 면제되었지만 독재정권은 그들에 저항하는 사람들에게 가혹하기 짝이 없었다. 말하자면 다시 유배를 보내는 것이었다. 오랜 단식으로 몸이 말이 아니었다. 병석에 누워 계신 늙으신 아버지를 뒤로하고 병무청 직원과 담당 형사와 함께 훈련소로 떠났다. 늦은 가을, 코스모스가 바람에 비눗방울처럼 날리고 있을 때였다.

그리하여 간 곳이 강원도 동해안 최전방인 간성 포병부대였다.

그리고 얼마 후, '광주사태'가 터졌다. 그러자 보안대에서 불렀다. 끌려간 곳은 강릉에 있는 '태백공사'라는 보안 사령부였다. 그곳에서 근 보름 동안 잠을 재우지 않고 모진 고문이 가해졌다. 짐승의 시간이었다. 모든 것이 문자 그대로 적막강산 그 자체였다. 이 길고 긴 터널을 빠져나온 것은 82년 겨울이었다.

슬픔의 힘

그동안 아버지는 돌아가셨고 독재의 권좌에는 박정희 대신 전두환이 앉아 있었다. 복학은 하였지만 어느 곳에도 희망이 보이지 않았다. 같이 감옥을 살았던 후배, 그 후 영화감독이 된 마포 여균동의 집에 빈대살이를 붙었다.

몸도 마음도 사막과 같은 시절이었다. 고문 후유증으로 헛구역질을 하고 비가 내리거나 어둡거나 하면 까닭 없는 불안에 시달렸다. 취직이 되지 않아 돌아다니다가 길거리에서 우연히 윤구병 선생을 만났더니 마침 잘되었다며 마악 생긴 웅진출판사에다 취직을 시켜주었다. 그래서 웅진출판사의 초대 편집장이 되었다.

다시 소설을 쓰고 싶었다. 아니, 소설이 아닌 그 무엇이라 하더라도 끄적거려보고 싶었다. 나는 정신적으로 어딘가가 망가져 있었고, 자칫 잘못하면 돌이킬 수 없도록 치명적일 수도 있겠다는 것을 깨달았다. 분열과 발작의 경계에서 위태롭게 자신을 추스르며 서 있었다.

나는 글쓰기에서 어떤 희망을 찾았다.

자신을 서술하는 것, 자신의 삶의 중심과 의미를 찾아가는 것, 그리하여 내가 살았던 것, 우리들이 살았던 것, 대학 시절 가리봉동 공장 어두운 담장 아래로 걸어가며 수없이 되뇌었던 것, 사람답게 사는 세상이 와야 한다는 것, 독재자의 죽음을 선언하고 민주주의를 노래하는 것, 감옥과 지하 고문실과 강원도의 달빛과 감자꽃에 대하여……. 아니, 아무것이라도 좋으니까 글을 쓰고 싶었다.

나는 사람들이 다 퇴근하고 난 출판사의 책상에 앉아 하루에 한 편의 단편을 쓰기로 작정했다. 말들이 내 내면에서 소용돌이치며 터져 나올 기회만 찾고 있는 것 같았다. 그래서 나온 첫 번째 소설이 나의 데뷔작이기도 했던 「깊은 강은 멀리 흐른다」였다.

‘창작과비평사’에 갖다주었더니 당시 계간지는 폐간되고 없었던 터라 신작 소설집에 넣어주었다. 실로 십여 년 만에 ‘다시’ 소설가로 등단한 셈이었다. 아마추어 대학 문단이 아니라 기라성 같은 선배들이 서 있는 프로 문단의 세계에 정식으로 발을 들여놓은 것이었다. 많은 선배 작가들이 격려를 해주었다.

나는 다니던 출판사를 그만두고 서대문 부근에 방 하나를 얻어 전업 작가의 길로 나섰다. 그리고 나서 「포도나무집 풍경」「멀고 먼 해후」「벌레」 등 많은 단편들을 잇달아 발표하였는데 어떤 해에는 한 해 가장 많은 작품을 발표한 작가가 되기도 했다. 운이 좋았는지 발표되는 작품마다 뜻밖의 호평을 받으면서 이른바 ‘김영현 논쟁’ 같은 것이 벌어지기도 했다.

지난겨울 내내, 나는 장편을 쓰기 위해 조립식으로 지은 서울 근교의 허름한 화실에서 보냈다. 폭설로 길이 끊어지고 보일러가 얼어 터져 불씨 하나 없는 방에서 한밤중 나는 혼자 한 마리 거대한 벌레처럼 변해 꿈틀거리고 있는 나 자신의 모습을 보았다. 징그럽고도 괴기한 모습이었다. 그때 나는 문득 이것이 이 생에 지워진 나의 숙명일지 모른다는 생각이 떠올랐다.

바로 나는 작가라는 것이다.

작가란 설사 그 누가 읽어주지 않는다 하더라도 계속 무언가를 쓰고 있지 않으면 안 되는 존재인 것이다. 목마른 열정으로 차 있던 나의 청년기가 나로 하여금 이 문학의 숲 입구에 서 있게 하였다면 작가라는 선택된 어쩔 수 없는 피할 수 없는 운명이 지금 이 숲을 지나가게 하고 있는 것이다.

나이가 들면서 나도 괴로웠던 젊은 시절의 추억, 폐쇄 회로와 같은, 회색빛 겨울날과 같은 기억으로부터 벗어나고 싶었다. 오래되고 무거운 낡은 옷처럼 훌훌 벗어 던져버리고 싶었다. 그리하여 난 세상의 도처를 떠돌아다니며 여행을 했다. 낯선 세상, 낯선 거리에 서면 열병처럼 앓았던 내가 보이곤 했다.

지금 나는 행복한가? 그렇다. 지극히 행복하다 나는 이제 내 인생에 겸손해야 한다는 것도 알고 있으며 시간의 강 위에 흘려보내야 하는 것과 남겨두어야 하는 것도 알고 있다. 헛된 명성에 눈멀지도 않고 내 능력 밖의 일 때문에 부대끼지도 않는다.

누구에게나 자신의 몫만 한 삶이 있을 것이다. 그와 마찬가지로 어떤 작가에게나 자신의 몫만큼 주어진 소명이 있을 것이다. 나는 한 사람의 인간으로서 내게 주어진 몫의 삶에 대해 생각한다. 그리고 작가로서 내게 주어진 소명에 대해 생각한다. 꽃은 백화만방(百花萬放)해야 아름답고, 새는 백조쟁명(百鳥爭鳴)해야 아름다운 법이다. 그래서 그런지 이 시대를 살아가는 모든 선후배 작가들이 내겐 문득 모두 꽃이며 새처럼 보인다.

보잘것없는 재능이지만 나 역시 그중의 하나가 되어 꽃피우고 노래하며 살 수 있다면 얼마나 행복한 숙명일까.